Possession

Emeline GEOFFRIN

Roman

Possession

Pour moi, le droit n'avait rien à voir avec la vérité. Mais tout avec la négociation, l'amélioration et la manipulation. Je ne faisais ni dans la culpabilité ni dans l'innocence, parce que tout le monde était coupable. De quelque chose.

Michael Connelly

Possession

PARTIE 1 :
EVA

Possession

1

Je me promène dans les rues pavées de Montmartre, un quartier qui, pour moi, respire l'essence même de Paris. J'aime l'atmosphère unique qui y règne, mêlant le passé artistique aux petites joies du quotidien. Les artistes de rue, avec leurs chevalets dressés, capturent la beauté des lieux sur leurs toiles. Leurs pinceaux glissent avec une précision et une passion qui me rappellent pourquoi j'ai choisi d'écrire.

Les cafés, aux terrasses animées, offrent une vue imprenable sur la vie qui s'écoule lentement. Je m'arrête parfois au Café des Deux Moulins, où je commande un café crème. Assise en terrasse, je laisse mes pensées vagabonder, observant les passants avec curiosité. Montmartre est un creuset de personnages fascinants, chacun avec une histoire à raconter. Les conversations enjouées, les rires partagés et les regards rêveurs me nourrissent d'inspiration. Je monte les marches qui mènent au Sacré-Cœur, sentant chaque pierre sous mes pieds comme un rappel de l'histoire ancienne du quartier. De là-haut, la vue sur Paris est à couper le souffle. La ville s'étend à perte de vue, un océan de toits gris et de monuments emblématiques. Je m'y perds souvent, imaginant des récits se déroulant dans chaque coin de rue que je peux apercevoir d'ici.

Les ruelles étroites et sinueuses de Montmartre sont mes préférées. Elles cachent des trésors : de petites librairies, des galeries d'art et des boutiques d'antiquités. Chaque visite est une découverte, un

Possession

voyage dans le temps. Les façades colorées des maisons, ornées de fleurs, ajoutent une touche de poésie à chaque coin de rue.
Je m'arrête devant la maison de Dalida, me rappelant les chansons de cette icône qui résonnent encore dans les cœurs des Parisiens. Montmartre est ainsi, un lieu où le passé et le présent coexistent harmonieusement, où chaque pierre raconte une histoire.
Je continue ma balade, laissant le murmure de la ville m'envelopper. Chaque instant passé ici est une source d'inspiration inépuisable. C'est dans ces rues, parmi ces gens, que je puise la matière de mes récits, espérant un jour pouvoir capturer ne serait-ce qu'une fraction de cette magie dans mes écrits.
Alors que je flâne dans une petite ruelle, mon téléphone vibre dans ma poche. Je le sors et vois un message de ma mère. Mon cœur se serre légèrement, mêlant affection et une pointe de contrariété.

« Ma chérie, nous organisons un dîner en famille ce week-end. Papa et moi serions ravis de te voir. Cela fait trop longtemps. Peux-tu venir ? Gros bisous. Maman. »

Je m'arrête un instant, le regard perdu sur l'écran. Ma mère, avec son amour débordant et sa protection quasi étouffante, me manque souvent, mais son insistance à vouloir m'avoir près d'elle peut parfois être accablante. Je suis leur fille unique, leur trésor précieux qu'ils ont toujours essayé de protéger du monde.
Je sais que ce dîner est important pour eux. Ils s'inquiètent pour moi, surtout depuis que j'ai décidé de poursuivre une carrière d'auteure,

Possession

une voie si incertaine et éloignée de la stabilité qu'ils avaient imaginée pour moi. Malgré leur amour et leur soutien, je sens toujours cette ombre de déception et de peur dans leurs yeux. Je soupire, tapant une réponse rapide.

« Oui, Maman, je viendrai. Hâte de vous voir. Bisous. »

Je remets mon téléphone dans ma poche et continue de marcher, tentant de retrouver le fil de mes pensées. J'aime ma famille, vraiment. Leurs dîners sont toujours remplis de rires, de souvenirs et de plats délicieux préparés par ma mère. Mais chaque fois que je retourne chez eux, je ressens ce tiraillement entre le confort de leur présence et mon besoin d'indépendance.

Être leur unique enfant a créé un lien indéfectible, mais aussi une pression constante. Ils veulent ce qu'il y a de mieux pour moi, mais ce qu'ils pensent être le meilleur n'est pas toujours ce que je désire. Je prends une profonde inspiration, laissant l'air frais de Montmartre apaiser mes pensées. Ce quartier m'offre une liberté que je ne trouve nulle part ailleurs, une évasion des attentes et des inquiétudes familiales. Mais ce week-end, je mettrai cette liberté entre parenthèses pour une soirée, pour être simplement leur fille, celle qu'ils aiment et qu'ils cherchent à protéger.

Je tourne au coin de la rue, la décision prise et le cœur un peu plus léger. Il est temps de rentrer chez moi, et de continuer à avancer, un pas à la fois, entre l'amour de ma famille et ma quête de liberté.

Possession

En arrivant devant mon petit studio parisien, je ressens un sentiment de soulagement. J'introduis la clé dans la serrure et pousse la porte, accueillie par l'odeur familière de mon espace. Ce studio, avec ses murs blanchis à la chaux et ses meubles dépareillés, est mon refuge. Je referme la porte derrière moi et me débarrasse de mon manteau, le jetant négligemment sur le canapé.

Je traverse la pièce en quelques pas et ouvre la fenêtre pour laisser entrer l'air frais de la soirée. Dehors, les bruits lointains de la ville continuent, une mélodie rassurante et constante. Je m'assois sur le canapé, prenant un moment pour me détendre après cette journée pleine de réflexions et de déambulations.

Je me lève pour aller préparer un thé. La bouilloire siffle doucement tandis que je cherche ma tasse préférée dans le placard. Une fois le thé prêt, je retourne au salon, tasse fumante en main. Je me laisse tomber sur le canapé, attrapant la télécommande sur la table basse. Je parcours les options de *streaming*, cherchant quelque chose de léger et réconfortant pour terminer la journée. Finalement, je choisis une série télévisée que j'ai déjà regardée mille fois mais qui, à chaque visionnage, me fait sourire. Le générique commence, et je m'enfonce un peu plus dans les coussins, la tasse chaude entre les mains.

Les minutes passent, et je me perds dans les dialogues familiers et les situations comiques de la série. Le thé réchauffe mes mains et mon cœur, apportant un réconfort bienvenu. Je ris aux blagues, même si je les connais par cœur, et je me sens moins seule, enveloppée par la présence virtuelle de personnages que j'aime tant.

Possession

Les heures défilent sans que je m'en rende compte. La série avance, épisode après épisode, et la fatigue commence à me gagner. Je termine mon thé, pose la tasse sur la table basse, et m'étire longuement. Mes yeux se ferment presque d'eux-mêmes, mais je savoure encore quelques minutes de cette tranquillité, de cette bulle de solitude réconfortante.

Finalement, je décide qu'il est temps d'aller me coucher. Je me lève à contrecœur, éteins la télévision et me dirige vers ma petite chambre, adjacente au salon. Je me change rapidement, me glisse sous les couvertures, et laisse le silence de la nuit parisienne m'envelopper.

Je repense à la journée, à Montmartre, au message de ma mère, et à cette soirée simple mais agréable. Je ferme les yeux, un sourire aux lèvres, et me laisse doucement emporter par le sommeil.

Possession

Je quitte mon studio du Marais tôt ce matin, inspirée par les rues encore calmes et baignées dans la lumière douce du lever du soleil. Le quartier est un dédale de ruelles pavées et de boutiques pittoresques, et il y règne une tranquillité particulière à cette heure. Je me dirige vers mon café préféré, un petit refuge où j'aime m'installer pour écrire.

En arrivant devant le Café des Artistes, je pousse la porte en bois, et la cloche tinte doucement, signalant mon entrée. L'intérieur est chaleureux, avec ses murs recouverts d'œuvres d'art locales et ses étagères garnies de livres anciens. L'odeur du café fraîchement moulu emplit l'air, m'enveloppant immédiatement dans une sensation de confort familier.

Je salue le barista, un jeune homme sympathique du nom de Lucas, qui connaît désormais ma commande par cœur.

— Un café crème et un croissant, comme d'habitude ? me demande-t-il avec un sourire.

J'acquiesce, m'installant à ma table habituelle près de la fenêtre. De là, j'ai une vue parfaite sur la rue animée, un flux constant d'inspiration.

Lucas apporte rapidement ma commande, et je le remercie d'un sourire avant d'ouvrir mon ordinateur portable. Je prends une gorgée de café, savourant la chaleur réconfortante qui se répand en moi, puis je fixe l'écran vide devant moi. Le début de mon prochain roman me hante, les idées flottent dans ma tête, mais les mettre en mots semble être un défi insurmontable.

Possession

Je ferme les yeux un instant, essayant de faire le vide. J'imagine mes personnages, leurs visages, leurs voix. Je pense à leurs histoires, à leurs combats, et à ce que je veux raconter à travers eux. Lentement, les premières phrases commencent à se former dans mon esprit. Je prends une grande inspiration et commence à taper.

Les mots viennent au compte-gouttes, hésitants et maladroits au début, mais peu à peu, une sorte de rythme s'installe. Je suis absorbée par l'écran, par l'histoire qui commence à prendre vie sous mes doigts. Le monde extérieur disparaît, il n'y a plus que moi, mes personnages et leur univers.

Je sais que vivre de mon art est difficile. Les refus d'éditeurs, les périodes de doute, l'incertitude financière — tout cela pèse lourdement sur mes épaules. Mais c'est dans ces moments, assise dans ce café, que je me rappelle pourquoi j'écris. C'est ma passion, ma raison d'être. Chaque mot, chaque phrase, chaque page est une victoire contre la peur et le doute.

Le temps file sans que je m'en rende compte. Mon café est froid depuis longtemps, et mon croissant reste intact. Je suis plongée dans l'écriture, les premières pages de mon nouveau roman prenant forme. Les bruits du café, le murmure des conversations, le tintement des tasses et des cuillères, tout cela devient une symphonie familière qui m'aide à me concentrer.

Finalement, je m'arrête, relisant ce que j'ai écrit. Ce n'est pas parfait, loin de là, mais c'est un début. Et chaque début est une promesse. Une promesse que, malgré les difficultés, je continuerai à écrire, à créer, à poursuivre mon rêve.

Possession

Je sais que le chemin est long et semé d'embûches, mais je suis prête à le parcourir. Parce qu'écrire, c'est ce que je suis. Et dans ce petit café du Marais, entourée de l'histoire et de l'art de Paris, je trouve la force de continuer.

Je suis profondément concentrée sur mon écran, les mots défilant sous mes doigts. L'histoire commence enfin à prendre forme, et je sens cette excitation familière qui accompagne les premiers pas de la création. Le café est animé, mais je suis dans ma bulle, imperméable aux bruits alentour.

Soudain, un choc brutal me tire de ma concentration. Une sensation de chaleur intense se répand sur mes mains et mon ordinateur. Je relève la tête, stupéfaite, pour voir un homme debout devant moi, l'air paniqué, une tasse renversée à la main.

— Je suis vraiment désolé ! s'exclame-t-il, sa voix tremblant légèrement. Je ne vous avais pas vue, et je... Oh non, votre ordinateur !

Je me lève précipitamment, essayant de sauver ce qui peut l'être. Le liquide s'infiltre déjà entre les touches, et mon cœur se serre en voyant l'écran clignoter avant de s'éteindre complètement. Mon travail, mes notes, tout semble perdu.

L'homme se penche vers moi, sortant un mouchoir pour éponger le liquide, ses mains tremblantes d'embarras.

— Je suis vraiment désolé, répète-t-il. Je ne fais pas attention et... je m'appelle John, et je suis vraiment, vraiment désolé.

J'inspire profondément, essayant de contenir ma frustration.

Possession

— Je m'appelle Eva, dis-je finalement, tentant de garder mon calme. Et oui, c'est vraiment dommage pour mon ordinateur.

John semble désemparé.

— Je vais payer pour les réparations, ou même pour un nouvel ordinateur si nécessaire. C'est entièrement de ma faute.

Je le regarde plus attentivement. Ses yeux bleus sont sincèrement désolés, et il semble vraiment affecté par son erreur. Je soupire, essayant de détendre l'atmosphère.

— Écoutez, ce sont des choses qui arrivent. C'est embêtant, mais ce n'est pas la fin du monde.

Il me fixe avec une gratitude visible.

— Merci de comprendre. Je me sens vraiment mal. Permettez-moi au moins de vous offrir un autre café, et peut-être un croissant pour compenser cette... maladresse.

Je souris malgré moi.

— D'accord. Mais seulement si vous vous asseyez et que vous discutez un peu avec moi.

John accepte avec un sourire hésitant et va commander de nouvelles boissons. Lorsqu'il revient, il semble un peu plus détendu. Nous nous asseyons, et il commence à me parler de lui. Il me raconte qu'il est récemment arrivé à Paris pour affaires, et qu'il essaie de s'adapter à la vie ici. À mesure que la conversation avance, je découvre un homme à la fois charmant et vulnérable.

Possession

— Alors, Eva, qu'est-ce que vous écriviez avant que je n'intervienne maladroitement ? me demande-t-il, cherchant à en savoir plus.

Je ris doucement.

— C'était le début de mon prochain roman. Mais maintenant, je vais devoir tout recommencer, je suppose.

John semble sincèrement intéressé.

— Et ça parle de quoi, ce roman ?

Je commence à lui expliquer les grandes lignes de mon histoire, et il m'écoute avec une attention rare. La conversation s'écoule naturellement, et je réalise que je n'ai pas souvent rencontré quelqu'un avec qui il est si facile de parler.

Le temps passe rapidement, et avant que je ne m'en rende compte, la matinée touche à sa fin. Nous échangeons nos coordonnées, John insistant pour m'aider à remplacer mon ordinateur et s'assurant que je suis bien rentrée chez moi.

Alors que je quitte le café, un mélange d'émotions m'envahit. L'incident avec mon ordinateur aurait pu ruiner ma journée, mais il m'a permis de rencontrer quelqu'un d'intéressant, quelqu'un qui semble sincèrement vouloir m'aider. Peut-être que cette rencontre fortuite est le début de quelque chose de nouveau, à la fois pour mon roman et pour moi-même.

Possession

Le lendemain matin, alors que je savoure mon premier café de la journée, la sonnette de mon studio retentit. Surprise, je me lève et me dirige vers la porte. J'ouvre et me retrouve face à un livreur souriant, tenant un colis volumineux dans ses bras.

— Bonjour, Mademoiselle Grise ? J'ai un colis pour vous, annonce-t-il.

— Oui, c'est moi, dis-je, perplexe. Je n'attends pourtant aucune livraison.

Il me tend un appareil pour signer, et après avoir apposé ma signature, il me remet le paquet.

— Bonne journée ! dit-il avant de s'éloigner.

Je referme la porte, intriguée, et pose le colis sur la table du salon. Il est soigneusement emballé, sans indice sur l'expéditeur. J'attrape un couteau de cuisine et commence à ouvrir délicatement le paquet. À l'intérieur, un autre emballage luxueux, orné du logo d'une célèbre marque d'informatique. Mon cœur s'accélère. Je déchire le papier avec précaution et découvre, ébahie, un ordinateur portable flambant neuf, dernier modèle.

Sous le choc, je m'assois et observe l'appareil, incapable de croire à ce que je vois. Alors que je tente de comprendre comment une telle chose a pu arriver, mon téléphone vibre sur la table. Je le saisis et vois un message de John.

« Salut Eva,

J'espère que tu as reçu le colis. Je me suis permis de t'offrir ce nouvel ordinateur. J'ai trouvé ton adresse sur Internet. J'espère que

Possession

tu l'aimes et que cela t'aidera à continuer à écrire sans interruption.
Encore désolé pour l'accident d'hier.
John. »

Je reste un moment sans bouger, relisant le message plusieurs fois. Cet ordinateur est bien au-delà de ce que je pourrais me permettre. John a non seulement tenu sa promesse, mais il a fait bien plus que ce à quoi je m'attendais. Ému par ce geste généreux, je décide de lui répondre immédiatement.

« Bonjour John, oui, je viens de recevoir le colis. Je suis sans voix. Merci infiniment, c'est bien plus que ce que j'aurais imaginé. Je ne sais pas comment te remercier. »

Je pose mon téléphone et commence à explorer le nouvel ordinateur. Tout est parfait, de l'écran lumineux à la rapidité du système. Je me sens soudainement remplie de gratitude et d'une nouvelle énergie créatrice. Ce cadeau n'est pas seulement un outil de travail, c'est un symbole de soutien et de confiance en mes capacités.
Quelques minutes plus tard, mon téléphone vibre de nouveau. John a répondu.

« Je suis vraiment content que ça te plaise. Considère cela comme un investissement dans ton talent. J'ai hâte de lire ton prochain roman. Si tu as besoin de quoi que ce soit d'autre, n'hésite pas à me le faire savoir. »

Possession

Je souris, touchée par ses mots. Peut-être que cette rencontre fortuite au café était plus qu'un simple accident. C'était le début d'une connexion précieuse, à la fois personnelle et professionnelle.

Je m'installe confortablement sur mon canapé, l'ordinateur sur les genoux, et ouvre un nouveau document. Les mots commencent à couler avec une facilité nouvelle, portés par l'excitation de cette nouvelle page blanche et le soutien inattendu de John. Mon prochain roman prend vie sous mes doigts, et je me sens plus déterminée que jamais à réussir.

Possession

Deux jours se sont écoulés depuis l'arrivée du colis de John. Mon nouveau portable est devenu mon compagnon constant, et chaque frappe de clavier me rappelle la gentillesse inattendue de John. La matinée est déjà bien avancée lorsque mon téléphone vibre sur la table. Je l'attrape, curieuse de voir qui m'écrit.

« Salut Eva, j'espère que tu vas bien. J'aimerais beaucoup te revoir. Est-ce que ça te dirait de prendre un café au même endroit où nous nous sommes rencontrés ? John. »

Un sourire se dessine sur mes lèvres. Je prends quelques instants pour réfléchir, sentant un mélange d'excitation et de nervosité. L'idée de revoir John m'intrigue et m'enthousiasme à la fois. Je décide de répondre positivement.

« Bonjour John, je vais bien, merci. Prendre un café me ferait plaisir. Disons demain matin, vers 10 heures ? »

J'envoie le message et sens une vague d'anticipation me submerger. Quelques minutes plus tard, mon téléphone vibre de nouveau.

« Parfait, 10 heures ça me va. À demain alors ! Hâte de te revoir. »

Le reste de la journée passe dans une sorte de brouillard. Je suis à la fois concentrée sur mon écriture et distraite par l'idée de notre

Possession

rendez-vous. Le soir venu, je me couche avec une excitation enfantine, impatiente de voir ce que demain me réserve.

Le lendemain matin, je me prépare avec soin, choisissant une tenue confortable mais élégante. Je quitte mon studio et me dirige vers le Café des Artistes, le lieu de notre première discussion. En arrivant, je ressens une douce nostalgie en repensant à notre rencontre accidentelle.

Je pousse la porte du café, et la cloche tinte doucement. L'intérieur est tel que je l'avais laissé, chaleureux et accueillant. Mon regard balaye la salle, et je repère John assis à notre table habituelle, une expression à la fois nerveuse et souriante sur le visage. Lorsqu'il me voit, il se lève et me salue.

— Eva, bonjour ! dit-il, visiblement content de me voir. Merci d'être venue.

— Bonjour John, dis-je en souriant. Merci pour l'invitation.

Nous nous asseyons et Lucas, le jeune serveur, vient prendre nos commandes. Une fois cela fait, un silence agréable s'installe entre nous, ponctué par le brouhaha du café. John prend la parole le premier.

— Alors, comment va l'écriture avec le nouvel ordinateur ? demande-t-il, sincèrement intéressé.

— Cela va beaucoup mieux, merci. Ton cadeau a vraiment fait la différence. Je progresse bien dans mon nouveau roman, réponds-je, touchée par son intérêt.

— Je suis vraiment content de l'entendre, dit-il en souriant. Tu sais, je voulais te revoir pour plusieurs raisons. Tout

Possession

d'abord, pour m'assurer que tout allait bien avec le nouvel ordinateur, mais aussi parce que... j'ai vraiment apprécié notre première rencontre. J'aimerais en savoir plus sur toi, si tu es d'accord.

Son honnêteté et son désir de mieux me connaître me touchent profondément.

— Moi aussi, j'ai apprécié notre rencontre, dis-je doucement. Et je serais ravie de te parler de moi, à condition que tu fasses de même.

John rit, et la tension qui régnait en filigrane disparaît complètement. Nous commençons à parler, partageant des histoires de nos vies, nos passions, et nos défis. Plus nous parlons, plus je me rends compte que John est bien plus complexe et intéressant que je ne l'avais imaginé. Son intelligence, sa sensibilité et son humilité me séduisent.

Le temps passe rapidement, et avant que je ne m'en rende compte, nous sommes assis là depuis des heures, oubliant presque le monde extérieur. Nos tasses de café vides témoignent du temps passé à discuter.

Nous sommes toujours assis au Café des Artistes, la conversation est fluide et agréable, mais je sens que John a encore quelque chose sur le cœur. Il semble légèrement nerveux, ses mains jouant distraitement avec sa tasse vide.

— Eva, commence-t-il doucement, les yeux baissés. Il y a quelque chose que je dois te dire, quelque chose d'important sur moi.

Possession

Je me redresse, attentive.

— Bien sûr, John. Qu'est-ce que c'est ?

Il prend une profonde inspiration avant de continuer.

— Tu vois, il y a une part de ma vie que je ne t'ai pas encore révélée. Je suis... héritier d'une grande fortune. Ma famille possède plusieurs entreprises à travers le monde, et un jour, tout cela sera sous ma responsabilité.

Je le regarde, surprise mais attentive, essayant de comprendre pourquoi il semble si réticent à partager cette information.

— D'accord, John. C'est impressionnant, mais je sens que ce n'est pas tout.

Il hoche la tête, un sourire nerveux sur les lèvres.

— Tu as raison. Ce n'est pas tout. J'ai toujours eu du mal avec les mots, surtout à l'écrit. En fait, je suis dyslexique. Lire et écrire sont des défis constants pour moi, même dans ma langue maternelle, et encore plus en français. J'ai lutté pendant des années pour améliorer mes compétences, mais j'ai encore beaucoup de chemin à parcourir.

Je reste silencieuse un moment, absorbant ses paroles. Je comprends maintenant pourquoi il est si nerveux.

— Je vois, John. Ça doit être difficile pour toi, surtout avec toutes les responsabilités qui t'attendent.

Il acquiesce, visiblement soulagé de partager ce fardeau.

— C'est exactement ça. Et c'est là que j'ai besoin de ton aide, Eva. J'admire ton talent d'écrivain et ton amour pour la langue française. J'aurais besoin de quelqu'un comme toi

Possession

pour m'aider à améliorer mon français et ma diction. Je sais que c'est une grande demande, mais je ne vois pas d'autre solution.

Je suis touchée par sa franchise et son courage de se confier ainsi.

— John, je serais ravie de t'aider. Je sais combien cela peut être difficile, mais je crois que nous pouvons faire de grands progrès ensemble.

Il lève enfin les yeux, et un sourire sincère illumine son visage.

— Merci, Eva. Ça compte énormément pour moi. Vraiment.

Je souris en retour, sentant une nouvelle connexion se tisser entre nous.

— Nous pouvons commencer quand tu veux. Je suis certaine que tu feras des progrès rapidement.

— Merci, vraiment, dit-il, la voix tremblante d'émotion. Et tu sais, je ne voulais pas que ma richesse définisse notre relation. C'est pourquoi je ne t'en ai pas parlé tout de suite. Mais je suis content d'avoir été honnête avec toi.

— Je comprends, John. Et pour être honnête, je préfère connaître la personne que tu es vraiment, au-delà de ta fortune. Je suis heureuse que tu m'aies fait confiance.

Nous restons un moment en silence, chacun absorbé dans ses pensées, mais avec un sentiment de complicité renouvelée. John semble plus détendu maintenant, et je suis déterminée à l'aider du mieux que je peux.

Possession

Alors que nous sortons du café, l'avenir semble un peu plus clair, rempli de promesses et de nouveaux défis à relever ensemble. Après avoir quitté le café, l'air frais de Paris nous accueille, apportant avec lui une brise légère et agréable. John et moi marchons côte à côte dans les rues pavées du Marais, un des quartiers les plus charmants de la ville. Les boutiques élégantes, les galeries d'art et les petits cafés bordent les rues étroites, créant une atmosphère à la fois vivante et intime.

— Le Marais est vraiment magnifique, dit John, les yeux brillants d'admiration. Je comprends pourquoi tu aimes tant cet endroit.

— Oui, c'est un quartier spécial, réponds-je avec un sourire. Il y a toujours quelque chose de nouveau à découvrir, une ruelle cachée, une boutique intéressante ou un café confortable.

Nous continuons à marcher, parlant de tout et de rien. John semble plus détendu maintenant qu'il a partagé son secret avec moi, et notre conversation est fluide et naturelle. Je lui montre quelques-uns de mes endroits préférés, les librairies où je passe des heures à flâner, les pâtisseries où je ne peux résister à l'appel d'un croissant frais.

— Tu sembles connaître ce quartier comme ta poche, dit-il en riant.

— Je suppose que oui. J'y vis depuis plusieurs années maintenant. C'est devenu une seconde maison pour moi.

Nous arrivons devant un petit square tranquille, avec des bancs en bois et des arbres offrant une ombre bienvenue. Nous nous arrêtons

Possession

un moment pour admirer la scène, puis continuons notre chemin. John est attentif, s'intéressant à chaque détail que je lui montre, et je me rends compte que cette balade impromptue nous rapproche encore plus.

Finalement, nous arrivons devant mon immeuble. Je m'arrête et me tourne vers John, un peu hésitante à mettre fin à cette agréable promenade.

— Merci de m'avoir raccompagnée, John. C'était une balade vraiment agréable.

— C'était un plaisir, Eva, dit-il avec un sourire chaleureux. Je suis content d'avoir pu passer plus de temps avec toi. Et merci encore pour ton aide.

— Je suis impatiente de commencer, réponds-je sincèrement. Je pense que nous allons bien travailler ensemble.

John acquiesce, puis prend un instant pour regarder autour de lui.

— Ce quartier est vraiment magnifique. J'ai l'impression de voir Paris sous un nouveau jour grâce à toi.

— Je suis contente de te le faire découvrir, dis-je, touchée par ses paroles.

Il se penche légèrement et dépose un baiser léger sur ma joue, un geste à la fois tendre et respectueux.

— À très bientôt, Eva.

— À bientôt, John, réponds-je, sentant mes joues s'empourprer légèrement.

Possession

Je le regarde s'éloigner, sentant une douce chaleur m'envahir. Cette journée a été bien plus que ce que j'avais imaginé. John et moi avons franchi une nouvelle étape, et je suis impatiente de voir où cela nous mènera. En entrant dans mon immeuble, je me sens remplie d'une nouvelle énergie et d'une détermination renouvelée.

La porte de mon studio se referme derrière moi, et je m'installe sur mon canapé, repensant à chaque moment de la journée. Je prends mon ordinateur portable et commence à écrire, inspirée par la rencontre avec John et par la promesse de ce qui est à venir.

Possession

2

Je me tiens devant la porte familière de la maison de mes parents, un mélange d'appréhension et de nostalgie me traverse. C'est ici que j'ai grandi, dans ce quartier tranquille de la banlieue parisienne, loin de l'agitation du Marais.

Je sonne à la porte qui s'ouvre presque immédiatement, et ma mère, avec son sourire chaleureux habituel, m'accueille.

— Eva, ma chérie ! Entre, entre. Comment vas-tu ?

— Bonjour, maman, dis-je en l'embrassant sur la joue. Je vais bien, merci.

Mon père apparaît dans le couloir, un large sourire sur le visage.

— Eva, c'est bon de te voir. Viens, on va passer à table.

Je suis mes parents dans la salle à manger, où la table est déjà mise. L'odeur alléchante du rôti et des légumes poêlés embaume la pièce, et je ne peux m'empêcher de sourire à la vue de ce repas préparé avec soin. Nous nous asseyons, et immédiatement, je sens le regard de ma mère se poser sur moi.

— Alors, ma chérie, comment ça se passe avec ton écriture ? Tu as trouvé un éditeur pour ton nouveau roman ? demande-t-elle, l'inquiétude voilée dans sa voix.

— Pas encore maman, réponds-je en prenant un morceau de pain. Je travaille toujours dessus. Mais j'ai fait de bons progrès récemment.

Mon père hoche la tête, mais je peux voir la lueur de scepticisme dans ses yeux.

Possession

— Et tu penses que tu vas pouvoir en vivre, un jour ? Tu sais, ce n'est pas une carrière très stable.

Je soupire intérieurement. Cette conversation, je l'ai eue des dizaines de fois.

— Je sais, papa. Mais c'est ma passion, et je crois vraiment en mon travail.

Ma mère, toujours soucieuse de ma situation personnelle, enchaîne.

— Et ta vie sentimentale, Eva ? Tu as rencontré quelqu'un récemment ? Tu sais que ton père et moi aimerions bien te voir heureuse et épanouie.

Je me tends légèrement à cette question.

— Non, je n'ai rencontré personne de spécial pour l'instant. Je me concentre sur mon travail.

Ma mère pousse un petit soupir de déception.

— Tu es si jeune et belle, ma chérie. Tu devrais sortir plus, rencontrer des gens.

Je me sens oppressée, comme si un étau se refermait autour de moi. Ils veulent tant de choses pour moi, et bien que je sache que leurs intentions sont bonnes, leur inquiétude constante finit par peser lourdement sur mes épaules. Je les aime profondément, mais chaque visite semble tourner autour des mêmes sujets : mon travail et mon célibat.

Le dîner continue dans une ambiance légèrement tendue. Je réponds aux questions de mes parents avec patience, mais je sens la pression monter. Ils veulent des certitudes que je ne peux pas leur offrir, des garanties que tout ira bien.

Possession

À un moment donné, je me lève pour aller chercher un verre d'eau, prenant un moment pour respirer profondément dans la cuisine. Je regarde par la fenêtre, les lumières douces des maisons voisines offrant un contraste apaisant à l'agitation intérieure que je ressens. Quand je reviens à la table, je fais de mon mieux pour changer de sujet, demandant à mes parents des nouvelles de leur vie, de leurs amis, essayant de détourner l'attention de moi-même.

La soirée se termine enfin, et bien que je sois reconnaissante pour l'amour et le soutien de mes parents, je suis soulagée de retrouver la tranquillité de mon propre espace. En quittant leur maison, je promets de revenir bientôt, mais avec une résolution ferme : je dois trouver un moyen de leur montrer que je suis sur la bonne voie, à ma manière.

De retour dans le train pour Paris, je repense à ces moments passés avec John. Peut-être que lui aussi pourrait m'aider à trouver un équilibre entre mes rêves et les attentes de mes proches. Pour l'instant, il est temps de retourner à mon écriture, de me plonger dans l'univers que je crée, là où je me sens vraiment libre.

Possession

Ce matin, je quitte mon studio tôt, désireuse de profiter de l'air frais et de la quiétude matinale du quartier de Gambetta. Les rues pavées, encore calmes avant l'afflux des passants, offrent une tranquillité rare et précieuse. Les boutiques sont fermées, les vitrines encore obscures, et seule une poignée de bars ont ouvert leurs portes, l'odeur de café fraîchement moulu flottant dans l'air.

Je marche lentement, appréciant chaque instant. Gambetta a ce charme unique et authentique qui me captive toujours. Les façades des immeubles, avec leurs balcons en fer forgé et leurs volets colorés, racontent l'histoire d'un Paris populaire et vivant. Les ruelles étroites, souvent cachées, réservent des surprises à chaque coin de rue. C'est un quartier qui vit et respire, où chaque pierre semble avoir une histoire à raconter.

Je passe devant ma librairie préférée, ses vitrines remplies de livres d'occasion aux couvertures usées. L'odeur du papier jauni et des pages tournées me rappelle pourquoi j'aime tant les livres. Chaque volume a une histoire au-delà de ce qui est imprimé sur ses pages, des vies qu'il a touchées, des mains qui l'ont feuilleté. Plus loin, je m'arrête devant une petite boulangerie. L'odeur du pain frais et des viennoiseries me rappelle les matins de mon enfance, et je ne peux résister à l'appel d'un croissant chaud. Je l'achète, le savourant en continuant ma balade.

Les premières lueurs du jour teintent les bâtiments d'une douce lumière dorée. Je me dirige vers le parc de Belleville, l'un de mes endroits préférés à Gambetta. Les jardins sont paisibles, et les bancs vides invitent à la contemplation. Je m'assois un moment, terminant

Possession

mon croissant, et laisse mes pensées vagabonder. Une douce excitation mêlée de nervosité me ronge à l'idée de mon premier rendez-vous littéraire avec John.

Je repense à notre conversation au café, à sa franchise touchante et à la connexion que nous avons établie. L'aider avec son français et sa diction est une tâche que j'accepte avec plaisir, et je suis curieuse de voir comment cela va se dérouler. Je me demande s'il ressent la même anticipation, le même mélange de nervosité et d'espoir.

Je jette un coup d'œil à ma montre. Il est presque l'heure. Je me lève, époussette les miettes de mon croissant de ma robe et prends la direction du Café des Amis, notre point de rencontre. Mon pas est léger, et une douce anticipation m'envahit. Les rues commencent à s'animer, mais je me sens enveloppée dans une bulle d'attente.

En arrivant devant le café, je vois John déjà installé à une table en terrasse, son sourire chaleureux éclairant son visage lorsqu'il me voit approcher. Il se lève pour me saluer et je suis frappée par son apparence détendue malgré l'importance de ce moment pour lui. Un nœud de tension se dénoue en moi à sa vue et je lui rends son sourire.

— Bonjour, Eva, dit-il en m'embrassant sur la joue, son geste empreint de douceur et de sincérité. Merci d'être venue.

— Bonjour, John, réponds-je, touchée par son accueil. Je suis contente de te revoir.

Nous nous asseyons, et le serveur vient rapidement prendre nos commandes. Je commande un café noir, tandis que John opte pour

Possession

un thé. Une fois le serveur reparti, je me tourne vers John, prête à commencer notre session, mais aussi à écouter ce qu'il a à dire, à comprendre ses espoirs et ses craintes.

— Alors, par où veux-tu commencer ? demande-t-il, une lueur de curiosité et d'appréhension dans les yeux.

— Je pensais qu'on pourrait commencer par quelques exercices de lecture à voix haute. Cela pourrait t'aider avec ta diction et ta confiance en toi. Qu'en penses-tu ?

John acquiesce, visiblement prêt à relever le défi.

— Ça me semble une bonne idée. J'ai apporté un livre que j'aimerais lire, dit-il en sortant un roman de sa sacoche.

C'est un de mes romans favoris et cette constatation fait sursauter mon cœur. L'hésitation de John est palpable, mais sa détermination l'est tout autant.

Je prends le livre, intitulé « L'alchimiste » du grand écrivain Paulo Coelho, et l'ouvre à une page au hasard, le tendant à John.

— Commençons par cette page. Prends ton temps, et n'hésite pas à demander si tu as besoin d'aide avec un mot.

Il commence à lire, sa voix un peu hésitante au début. Chaque mot semble être un obstacle qu'il franchit avec soin. Mais je l'encourage doucement, corrigeant sa prononciation ici et là, et peu à peu, il gagne en assurance. Nous passons la matinée à travailler ainsi, le temps s'écoulant sans que nous nous en rendions compte.

Lorsque nous faisons une pause, je suis impressionnée par les progrès de John. Sa détermination et sa volonté d'apprendre sont

Possession

inspirantes. Et en travaillant ensemble, je ressens une complicité grandissante entre nous, une connexion qui va au-delà des mots.

— Tu as fait d'excellents progrès, John, dis-je en souriant. Je suis vraiment impressionnée.

— Merci, Eva. Ton aide est inestimable, répond-il, son sourire illuminant son visage.

Ses yeux brillent d'une nouvelle confiance, et je me sens émue de faire partie de ce voyage avec lui.

Nous passons encore un moment à discuter, savourant la chaleur du soleil et l'atmosphère vivante du café. Ce premier rendez-vous littéraire est un succès, et je suis impatiente de voir où cette nouvelle aventure nous mènera. Mon cœur est léger, empli d'une nouvelle espérance, alors que je me tiens prête à affronter ce qui vient, main dans la main avec John.

En rentrant chez moi après notre rendez-vous, je sens une légèreté dans mes pas. Le soleil est encore haut dans le ciel, baignant le quartier de Gambetta d'une lumière éclatante. Les rues sont animées, mais je me sens enveloppée dans une bulle de sérénité, portée par les émotions de la matinée.

Lorsque j'ouvre la porte de mon studio, un petit espace chaleureux rempli de livres et de souvenirs, je suis accueillie par la familiarité réconfortante de mon chez-moi. Je pose mon sac sur la table, retire mes chaussures et me dirige vers la fenêtre ouverte, laissant la brise estivale rafraîchir la pièce.

Je prends un instant pour m'asseoir sur le rebord de la fenêtre, regardant les toits de Paris qui s'étendent à perte de vue. Mes

Possession

pensées vagabondent vers John et notre matinée ensemble. Sa sincérité, sa détermination à surmonter ses difficultés, et notre complicité naissante me touchent profondément. Je repense à ses progrès, à son sourire, et à la manière dont il a rendu cette journée si spéciale.

Un sentiment de bien-être parcourt mon être. Je me sens vivante, créative, inspirée. C'est comme si une étincelle s'était allumée en moi, ravivant ma passion pour l'écriture. Avec une vive énergie, je me dirige vers mon bureau, une vieille table en bois où s'entassent carnets et feuilles volantes.

Je m'installe sur ma chaise, allume la petite lampe de bureau malgré la lumière naturelle qui inonde la pièce, et ouvre mon ordinateur portable. Mes doigts effleurent le clavier et sans hésitation, je commence à écrire. Les mots coulent naturellement, comme une rivière qui retrouve son lit après une longue période de sécheresse. Les idées fusent, les personnages prennent vie, et mon histoire se déploie devant moi avec une clarté et une fluidité nouvelles.

Je perds la notion du temps, absorbée par mon écriture. Chaque phrase, chaque paragraphe est un pas de plus vers la réalisation de mon roman. Les scènes se succèdent, vibrant d'émotion et de vérité, et je ressens une profonde satisfaction à mesure que les pages s'accumulent.

Je m'arrête un instant, relisant ce que j'ai écrit, et un sourire éclaire mon visage. Pour la première fois depuis longtemps, je me sens pleinement connectée à mon art, portée par une vague de créativité

Possession

et de passion. Cette matinée avec John a réveillé quelque chose en moi, une force et une détermination que je pensais avoir perdues.

Je me lève pour me préparer un thé, savourant cette pause bien méritée. En attendant que l'eau bouille, je repense à notre prochain rendez-vous, à tout ce que nous pourrions accomplir ensemble. L'idée de l'aider à améliorer son français et sa diction me remplit de joie, tout comme la perspective de partager avec lui les moments de doute et de réussite.

Avec une tasse de thé brûlant à la main, je retourne à mon bureau, prête à plonger de nouveau dans mon univers littéraire. L'après-midi est encore jeune, et la ville est en plein essor, mais je suis enveloppée dans une bulle de concentration et d'inspiration. Les mots continuent de couler, et je me laisse emporter par cette vague de créativité retrouvée, savourant chaque instant, chaque émotion.

Je sais que ce n'est que le début, que beaucoup de défis nous attendent, John et moi. Mais en cet instant, tout semble possible. Et c'est avec cette conviction que je continue d'écrire, déterminée à poursuivre mon rêve et à faire de cette histoire la meilleure que j'aie jamais écrite.

Possession

Je me réveille en sursaut, le son familier de mon ordinateur bourdonnant doucement à mes oreilles. La lumière de l'écran illumine mon visage dans la pénombre de mon studio. Il fait déjà nuit. J'essaie de me souvenir du moment où je me suis endormie, mais tout est flou. Je réalise que je me suis assoupie sur mon bureau, mes doigts encore posés sur le clavier.

Je m'étire doucement, mes muscles raides protestant contre ma position inconfortable. La pièce est calme, la ville est endormie autour de moi, et seule la lueur bleutée de l'écran brise l'obscurité. Je cligne des yeux, essayant de chasser le sommeil qui embrume encore mon esprit.

Je me lève et me dirige vers la fenêtre pour ouvrir les volets. Les lumières de Paris scintillent comme des étoiles au sol, offrant une vue apaisante sur la ville qui ne dort jamais vraiment. L'air frais de la nuit pénètre dans la pièce, me réveillant complètement.

Je retourne à mon bureau et examine l'écran de mon ordinateur. Les mots que j'ai écrits plus tôt sont toujours là, alignés parfaitement, témoins de ma frénésie créative de l'après-midi. Un sentiment de satisfaction me conquiert en relisant les passages. L'inspiration que j'avais ressentie en revenant de mon rendez-vous avec John semble encore palpable, et je suis fière du travail accompli.

Je m'aperçois que mon thé est resté là, froid et oublié. Je le porte à mes lèvres par habitude avant de grimacer et de le poser. Je décide de me préparer une tasse de café pour me réchauffer et m'aider à me recentrer. Le gémissement de la cafetière remplit le silence, et l'odeur riche et réconfortante du café me détend.

Possession

Avec ma tasse chaude à la main, je m'installe sur mon canapé, enroulant une couverture autour de moi. Je sirote lentement, profitant de chaque gorgée. Les événements de la journée me reviennent en mémoire : la balade à Gambetta, le rendez-vous au café avec John, notre connexion et son sourire sincère. Toutes ces images se bousculent dans mon esprit.

Je prends mon carnet et un stylo, décidée à noter quelques idées qui me viennent à l'esprit avant qu'elles ne s'évanouissent dans la nuit. Les mots se forment facilement, apparaissant sur la page avec une clarté qui me surprend. Je griffonne des notes pour mon prochain chapitre, des dialogues, des scènes, des émotions à capturer.

Je me sens vivante, inspirée, comme si chaque fibre de mon être était en harmonie avec mon art. La fatigue s'estompe, remplacée par une énergie douce et créative. Je réalise à quel point cette rencontre avec John a ravivé en moi cette flamme, cette passion pour l'écriture que j'avais presque perdue.

En terminant ma tasse de café, je ferme mon carnet et m'étire à nouveau. Il est tard, et je sais que je dois me reposer pour être en forme demain. Mais en me glissant sous les couvertures de mon lit, je ne peux m'empêcher de sourire. Aujourd'hui a été une journée de renouveau, et je m'endors avec l'espoir et l'anticipation de ce que demain pourrait apporter.

Les dernières pensées qui traversent mon esprit avant que le sommeil ne m'emporte sont celles de gratitude et d'excitation. L'aventure avec John ne fait que commencer, et je suis prête à

Possession

embrasser chaque moment, chaque défi, chaque victoire. Avec un dernier soupir de contentement, je sombre dans un sommeil profond et réparateur, prête à affronter le jour suivant.

Possession

Je me réveille le lendemain matin, doucement tirée du sommeil par la lumière du soleil qui pénètre à travers les rideaux. Une sensation de calme et de renouveau me comble tandis que je m'étire sous les draps. Je me lève et me dirige vers la fenêtre, ouvrant grand les rideaux pour laisser entrer la lumière éclatante de cette nouvelle journée.

Après une douche rapide, je me sens revitalisée. Je décide de me préparer un petit déjeuner copieux : des croissants frais achetés à la boulangerie d'à côté, un jus d'orange pressé et une tasse de café noir. Je dispose le tout sur un plateau et me dirige vers mon petit balcon, mon sanctuaire personnel en plein cœur de Paris.

Le balcon donne sur une cour intérieure paisible, entourée de façades typiquement parisiennes. Les oiseaux chantent, et l'air est frais et vivifiant. Je m'installe confortablement sur une chaise en osier, posant le plateau sur une petite table ronde. Je savoure mon café en regardant les premières activités du matin se dérouler en contrebas.

À côté de moi, sur la table, repose mon exemplaire de « Les aérostats » d'Amélie Nothomb. J'attrape le livre, curieuse de plonger dans l'univers de cette auteure que j'admire tant. Dès les premières pages, je suis captivée par l'écriture élégante et la profondeur des personnages. Les mots de Nothomb me transportent, me faisant oublier le monde autour de moi.

Le temps semble s'arrêter alors que je me perds dans ma lecture, le croissant oublié à moitié mangé. Chaque page tournée est une nouvelle découverte, et je suis émerveillée par la façon dont

Possession

l'histoire se déroule avec une fluidité presque magique. Les descriptions, les dialogues, tout résonne en moi, éveillant ma propre passion pour l'écriture.

Je m'arrête un instant pour prendre une gorgée de café et regarder autour de moi. Le ciel est d'un bleu limpide, et une légère brise fait danser les feuilles des plantes en pots qui décorent mon balcon. Je me sens incroyablement chanceuse de pouvoir profiter de ce moment de tranquillité, entourée de la beauté simple de la vie quotidienne.

Je reprends ma lecture, me délectant de chaque mot. Les minutes passent, et je me perds de plus en plus dans l'histoire. Je ressens une profonde connexion avec les personnages, leurs luttes et leurs triomphes. Cela me rappelle pourquoi j'aime tant la littérature, pourquoi j'ai choisi de devenir auteure. Les livres ont ce pouvoir de nous transporter, de nous toucher profondément, de nous faire voyager.

Alors que je termine un chapitre particulièrement émouvant, je ferme le livre un moment, me laissant emporter par les émotions qu'il a suscitées en moi. Je prends une profonde inspiration, sentant l'air frais remplir mes poumons, et je souris. Cette matinée est parfaite, une parenthèse de bonheur et de sérénité avant de plonger dans une nouvelle journée de créativité.

Je finis mon petit déjeuner, savourant les derniers morceaux de croissant et le café maintenant tiède. Je me sens prête à affronter la journée, inspirée par la lecture et par les souvenirs de ma rencontre

Possession

avec John. Il y a une étincelle en moi, une énergie créative qui ne demande qu'à s'exprimer.

En rentrant dans mon studio, je suis déterminée à écrire, à laisser libre cours à mon imagination. Je m'installe à mon bureau, ouvre mon ordinateur portable, et commence à taper. Les mots viennent facilement, portés par la magie de la matinée. Je sais que chaque jour est une opportunité de créer, d'innover, et je suis prête à embrasser cette aventure avec enthousiasme et passion.

Le voyage ne fait que commencer, et avec un sourire, je plonge dans mon roman, impatiente de voir où cette journée me mènera.

Absorbée par mon écriture, je ne remarque pas tout de suite le bourdonnement discret du livreur en bas de mon immeuble. Ce n'est qu'au second coup de sonnette que je me redresse, sortant de ma concentration. Je me lève à contrecœur, mes doigts regrettant déjà le clavier, et me dirige vers l'interphone.

— Bonjour, c'est un colis pour Mademoiselle Eva Grise, annonce la voix grésillante.

Un colis ? Je n'attends rien. Intriguée, je presse le bouton pour ouvrir la porte en bas et j'attends que le livreur monte les escaliers.

Quelques instants plus tard, on frappe à ma porte. J'ouvre et découvre un jeune homme en uniforme de livraison, tenant un petit paquet soigneusement emballé.

— Signature ici, s'il vous plaît, dit-il en me tendant un stylo et un bon de livraison.

Je signe rapidement et prends le colis, le remerciant avant de fermer la porte. De retour à mon bureau, je pose le paquet sur la table et

Possession

l'examine. Il n'y a aucune indication sur l'expéditeur, mais le soin apporté à l'emballage me donne un indice. Avec un sourire curieux, j'ouvre le paquet.

À l'intérieur, soigneusement niché dans du papier de soie, se trouve un *smartphone* dernier cri, accompagné d'une note manuscrite. Mon cœur s'accélère alors que je déplie la note.

« Eva, j'espère que ce petit cadeau te plaira et facilitera ton travail. Merci encore pour ton aide précieuse. À bientôt, John »

Je reste un moment immobile, touchée par cette attention inattendue. John a pensé à moi et à mes besoins avec une telle générosité. Je prends le téléphone dans ma main, admirant sa finesse et sa technologie avancée. C'est un modèle que je n'aurais jamais pu m'offrir moi-même.

Avec un sourire, je pose le téléphone sur la table et prends une photo du colis déballé avec mon ancien téléphone. Ensuite, je compose rapidement un message à John.

« Merci beaucoup, John ! Je suis vraiment touchée par ton geste. Ce téléphone est magnifique et il va énormément m'aider. J'ai hâte de te revoir. »

Le SMS envoyé, je m'installe de nouveau à mon bureau. Le nouvel appareil brille sur ma table, un symbole de la connexion naissante

Possession

entre John et moi. Je ressens une vague de gratitude et de joie, sachant que quelqu'un croit en moi et soutient mon travail.
Inspirée par cet élan de générosité, je reprends mon écriture avec un enthousiasme renouvelé. Les mots viennent plus facilement, portés par la chaleur de ce cadeau inattendu. Mon personnage principal prend vie sous mes doigts, et les scènes se déroulent avec une clarté et une émotion inédites.
Je me perds dans mon travail, oubliant presque le temps qui passe. Le monde extérieur disparaît, remplacé par l'univers que je crée, peuplé de mes personnages et de leurs aventures. Le nouvel ordinateur de John me permet de travailler plus efficacement, et je me sens incroyablement chanceuse.
L'après-midi avance, et je continue d'écrire, portée par cette vague de créativité. Chaque mot, chaque phrase est un pas de plus vers la réalisation de mon rêve. Et quelque part, au fond de moi, je sais que cette aventure avec John est tout juste en train de commencer.
La fin de journée approche, et je m'accorde une pause bien méritée devant la télévision. Je me blottis sur mon canapé avec une couverture, profitant de ce moment de détente après une journée productive. Je zappe distraitement entre les chaînes, me laissant bercer par les sons et les images.
Soudain, une sonnerie retentit, interrompant ma tranquillité. Je fronce les sourcils, surprise. Qui peut bien venir me voir à cette heure-ci ? Je me lève et me dirige vers la porte, ajustant rapidement ma tenue.

Possession

En ouvrant, je découvre John, impeccablement habillé dans un costume élégant, un sourire chaleureux sur les lèvres.

— Bonsoir, Eva, dit-il avec une lueur espiègle dans les yeux. La porte de ton immeuble était ouverte, je me suis permis de monter. Je sais que c'est un peu à la dernière minute, mais j'aimerais t'inviter à dîner ce soir. Amicalement, bien sûr.

Je reste un instant sans voix, surprise par cette invitation inattendue.

— Oh, John, c'est... je ne m'y attendais pas du tout, balbutié-je.

— Ne t'inquiète pas, répond-il en riant doucement. Prends ton temps pour te préparer. Je t'attendrai ici.

Touchée par sa proposition, je lui souris et hoche la tête.

— Donne-moi juste quelques minutes.

Je ferme la porte et me précipite vers ma chambre. Mon esprit tourbillonne alors que je choisis rapidement une robe élégante mais confortable. Une fois habillée, je me coiffe et me maquille légèrement, un peu nerveuse mais excitée par la perspective de cette soirée.

Quelques minutes plus tard, je reviens à la porte, prête à partir. John me regarde avec approbation et me tend son bras.

— Tu es magnifique, Eva. Allons-y.

Nous descendons ensemble et montons dans une voiture noire élégante qui nous attend. Le trajet jusqu'aux Champs-Élysées est agréable, ponctué de discussions légères et de rires. John est

Possession

charmant et attentif, et je me sens de plus en plus à l'aise en sa compagnie.

Nous arrivons devant un grand restaurant aux lumières scintillantes et à l'ambiance chic. En entrant, je suis émerveillée par la beauté du lieu, ses décorations raffinées et son atmosphère élégante. Un maître d'hôtel nous conduit à une table près de la fenêtre, offrant une vue imprenable sur l'avenue illuminée.

Le dîner commence avec des amuse-bouches délicats, et nous plongeons dans une conversation animée. John parle de ses voyages, de ses passions, et j'écoute avec intérêt, fascinée par ses histoires et son parcours. En retour, il s'intéresse à mon travail d'auteure, me posant des questions sur mes projets et mes inspirations.

Le repas est délicieux, chaque plat surpassant le précédent. Nous dégustons des mets exquis tout en continuant notre discussion. La soirée avance, et je me sens de plus en plus détendue, profitant de cette parenthèse enchantée.

John me regarde avec douceur dans les yeux.

— Merci d'avoir accepté mon invitation, Eva. J'avais envie de passer du temps avec toi, en dehors de nos séances de travail.

— Merci à toi pour cette merveilleuse soirée, John. Je suis ravie d'être ici, réponds-je sincèrement.

Alors que le dessert arrive, une somptueuse tarte au citron meringuée, nous partageons encore quelques rires et confidences. L'ambiance est conviviale et chaleureuse, et je ressens une complicité croissante entre nous.

Possession

Après le dîner, nous sortons du restaurant, la nuit parisienne s'étendant devant nous. John me propose une petite promenade, et nous déambulons le long des Champs-Élysées, éclairés par les lumières de la ville. Nous parlons de tout et de rien, savourant la simplicité de ce moment partagé.

Enfin, John me raccompagne jusqu'à mon studio. Devant la porte, il me prend la main et me regarde avec une sincérité touchante.

> — Merci pour cette soirée, Eva. J'ai passé un moment formidable.
>
> — Moi aussi, John. C'était vraiment spécial, dis-je en serrant doucement sa main.

Nous nous disons au revoir et je rentre chez moi avec un sourire aux lèvres, le cœur léger. Cette soirée m'a apporté une chaleur et une joie inattendues et je sens que quelque chose de beau est en train de naître entre nous.

Je me change en pyjama, me glisse sous les couvertures et repense à chaque instant de cette soirée magique.

Possession

3

Deux jours plus tard, je me retrouve à marcher vers un café près des Tuileries. John et moi avons prévu de nous retrouver pour notre session de lecture et je suis impatiente de voir ses progrès. En arrivant devant le café, je repère John à une table en terrasse, un exemplaire de « Mon chien stupide » de John Fante posé devant lui. Il lève les yeux en me voyant et m'accueille avec un sourire chaleureux.

— Bonjour, Eva. Tu es prête pour notre séance de lecture ? demande-t-il avec un enthousiasme visible.

— Absolument, réponds-je en m'asseyant en face de lui.

Comment te sens-tu par rapport à ce livre ?

John prend une profonde inspiration.

— C'est un défi, mais j'aime beaucoup l'écriture de Fante. Il a une manière unique de capturer les émotions et les situations de manière brute et honnête.

Je hoche la tête, encourageante.

— Oui, Fante a ce talent rare. Allons-y, alors.

Nous ouvrons le livre et commençons à lire ensemble. John progresse bien, ses mots devenant de plus en plus fluides à mesure qu'il lit à voix haute. Il s'arrête de temps en temps pour demander la signification d'un mot ou la prononciation correcte, et je l'aide avec patience et encouragement.

Possession

Après une heure de lecture, nous faisons une pause. John repose le livre avec un sourire satisfait.

— Je me sens de plus en plus à l'aise. Merci pour ton aide, Eva. Je n'aurais jamais cru pouvoir lire un livre comme ça il y a quelques mois.

— Je suis tellement fière de tes progrès, John. Tu fais un travail incroyable, dis-je avec sincérité. Je sais que ce n'est pas facile, mais tu es vraiment déterminé.

Nous commandons des cafés et continuons à discuter, passant des défis de la lecture aux sujets plus légers. John me parle de ses voyages et de ses expériences à travers le monde et je partage avec lui mes moments préférés en tant qu'auteure, mes sources d'inspiration et mes rêves pour l'avenir.

— Je me suis toujours demandé, dit John en prenant une gorgée de son café, qu'est-ce qui t'a donné envie d'écrire ?

Je réfléchis un instant avant de répondre.

— Depuis que je suis enfant, les livres ont été mon refuge. Ils m'ont permis de m'évader, de vivre mille vies à travers leurs pages. J'ai toujours voulu créer des histoires qui touchent les gens de la même manière, qui les transportent et les font rêver.

— Et tu y parviens magnifiquement, dit John avec un sourire. Ton écriture est si vivante et émotive. Je suis sûr que tu vas toucher beaucoup de gens avec tes mots.

Ses compliments me réchauffent le cœur.

— Merci, John. C'est ce que j'espère.

Possession

— Tu sais, dit-il pensivement, travailler avec toi m'a ouvert les yeux sur la beauté de la langue et de la littérature. C'est un monde que je n'avais jamais vraiment exploré avant, mais maintenant, je ne peux plus imaginer ma vie sans cela.

Je souris, touchée par ses mots.

— C'est un plaisir de t'aider à découvrir ce monde. Et tu as tellement à offrir en retour.

Nous continuons de parler, partageant nos passions et nos aspirations, perdus dans une conversation fluide et naturelle. La connexion entre nous se renforce à chaque instant et je ressens une complicité grandissante.

La soirée avance et les lumières du café créent une atmosphère chaleureuse et intime. John et moi rions et discutons comme de vieux amis, oubliant le temps qui passe. Chaque moment vécu avec lui est un cadeau, une découverte de nouvelles facettes de nos personnalités.

Enfin, nous nous levons pour partir, conscients que la nuit est bien avancée. John me raccompagne jusqu'à la station de métro et nous nous arrêtons devant l'entrée.

— Merci pour cette soirée, Eva. C'était vraiment génial, dit-il, ses yeux brillants d'une sincérité émue.

— Merci à toi, John. J'ai passé un moment merveilleux, réponds-je, sentant une chaleur douce se répandre en moi.

Nous nous disons au revoir et je descends les escaliers du métro avec un sourire sur les lèvres, le cœur léger. La nuit parisienne est

Possession

fraîche, mais je me sens enveloppée de chaleur, nourrie par la magie de cette rencontre.

En rentrant chez moi, je repense à chaque instant de notre soirée, à la profondeur de nos échanges et à la joie simple de partager des passions communes. Je sais que cette aventure avec John est unique et je suis prête à voir où elle nous mènera.

Les discussions avec John ont été profondes et stimulantes et je me sens inspirée comme jamais. Je m'installe à mon bureau, le cœur battant d'excitation et je reprends mon travail sur mon roman.

Les heures passent sans que je m'en rende compte. La nuit enveloppe Paris de son manteau sombre, mais la lumière de mon bureau reste allumée, illuminant les pages blanches de mon écran. Mes doigts dansent sur le clavier, donnant vie à mes personnages, capturant leurs émotions et leurs aventures avec une clarté certaine. Les mots s'enchaînent, portés par l'enthousiasme de la soirée passée avec John. Chaque phrase, chaque paragraphe me rapprochent un peu plus de mon objectif. Je suis dans cet état d'extase créative où le temps s'efface et seul compte le flux constant de l'imagination.

À l'aube, je m'arrête enfin. Mes paupières sont lourdes, mes mains tremblantes de fatigue, mais mon cœur est léger et plein de satisfaction. J'ai écrit des pages et des pages, capturant une partie de mon âme dans chaque mot.

Je m'étire avec un soupir de soulagement, un sourire flottant sur mes lèvres fatiguées. La nuit blanche en valait chaque seconde. Je me lève et vais à la fenêtre, observant le lever du soleil sur les toits de Paris, une ville qui ne cesse jamais de m'inspirer.

Possession

La journée s'annonce lumineuse et prometteuse. Je me prépare un café fort, réveillant mes sens engourdis, et je relis ce que j'ai écrit. Chaque mot résonne avec une puissance nouvelle, une vitalité qui vient directement de mon cœur.

Je pense à John, à nos discussions passionnées et à l'élan qu'il a insufflé à ma productivité. Sa présence dans ma vie est devenue une source d'inspiration inattendue et précieuse. Nous avons partagé nos passions, nos rêves, nos défis, et je me sens plus connectée à lui que jamais.

Je prends une profonde inspiration, remplie de gratitude pour cette nuit de création intense. Les possibilités s'ouvrent devant moi, et je suis prête à embrasser chaque nouvelle page blanche avec la même énergie et la même détermination.

La vie d'écrivaine est faite de ces moments magiques, où les idées prennent vie et où l'écriture devient une danse entre l'imagination et la réalité. Et cette nuit-là, dans mon petit studio à Paris, j'ai vécu l'une de ces nuits magiques qui alimentent mon amour infini pour les mots et les histoires.

Possession

Lorsque mes paupières s'ouvrent enfin, la lumière du soleil filtre à travers les rideaux de mon studio. Je cligne des yeux, désorientée par le temps qui s'est écoulé depuis que j'ai finalement succombé à la fatigue au petit matin. Jeter un coup d'œil à l'horloge numérique à côté de mon lit confirme mes soupçons : il est déjà bien dans l'après-midi.

Un sentiment de légère culpabilité me dévore, mais il est rapidement balayé par un sourire. La nuit blanche en valait vraiment la peine. Je me redresse avec précaution, sentant encore la fatigue dans mes membres, mais une excitation sous-jacente me pousse hors du lit.

Je me dirige vers la cuisine pour me préparer un café bien nécessaire. Le parfum riche du café moulu remplit la pièce alors que je le prépare avec soin. Je me sens revigorée, prête à affronter le reste de la journée après cette nuit de créativité intense.

Je m'assois à mon bureau, mon ordinateur portable déjà ouvert, attendant patiemment que mes doigts reprennent leur place familière sur le clavier. Les mots de mon roman résonnent encore dans mon esprit, attendant d'être peaufinés et développés.

Je savoure chaque gorgée de café, laissant la chaleur se propager dans mon corps. La ville de Paris vit à travers la fenêtre, et je me sens connectée à son énergie vibrante, une ville qui inspire et nourrit mon âme d'écrivaine.

Avec une détermination renouvelée, je plonge dans mon travail, les idées jaillissent comme des éclairs. Le temps s'efface à nouveau, laissant place à la seule danse enivrante de l'écriture.

Possession

Cette journée promet d'être aussi productive que la nuit précédente, et je suis prête à capturer chaque moment d'inspiration qui se présente.

Alors que je me concentre sur mon travail d'écriture, mon esprit vagabonde souvent vers John. Ses yeux brillants de curiosité, sa façon de s'immerger dans la lecture de « Mon chien stupide », et nos discussions passionnées au café près des Tuileries hantent mes pensées de manière délicieuse.

Je prends une pause, laissant mes doigts se reposer brièvement sur le clavier. Mon regard se perd à travers la fenêtre. Une brise légère agite les rideaux, mais mon esprit est ailleurs, rempli d'anticipation pour notre prochaine rencontre.

John a apporté une nouvelle dimension à ma vie à Paris. Sa présence, son désir d'apprendre et notre connexion naturelle m'inspirent profondément. Chaque fois que nous nous retrouvons, que ce soit pour lire ensemble ou simplement discuter de nos passions communes, je sens que je grandis en tant qu'écrivaine et en tant que personne.

Je souris en repensant aux moments partagés. Cette impatience agréable qui me consume à l'idée de le revoir demain lors de notre cours me rend curieuse de découvrir ce que la journée nous réserve. Nos échanges sont devenus une partie essentielle de mon quotidien, une lumière brillante dans la routine de mes journées d'écriture solitaires.

Je reprends mon café, sentant une excitation légère dans ma poitrine. La journée ne fait que commencer, mais déjà, je suis remplie d'une

Possession

énergie positive, motivée par l'idée de retrouver John et de continuer à explorer ce chemin littéraire ensemble.

Possession

Le lendemain, je me rends avec une légère fébrilité au Café des Artistes où John et moi avons convenu de poursuivre notre lecture de « Mon chien stupide » de John Fante. Le soleil d'après-midi baigne les rues de Paris, et l'atmosphère du café est à la fois chaleureuse et accueillante.

En entrant, je repère John assis à une table à l'extérieur, un exemplaire du livre ouvert devant lui. Il lève les yeux en me voyant approcher, son visage s'illuminant d'un sourire radieux.

— Bonjour, Eva, dit-il en me faisant signe de m'asseoir en face de lui. Je suis content de te voir.

— Bonjour, John, réponds-je avec un sourire radieux, prenant place et ajustant confortablement ma chaise. Comment vas-tu aujourd'hui ? Prêt à plonger dans notre lecture ?

Il hoche la tête avec enthousiasme.

— Absolument. J'ai beaucoup réfléchi au livre depuis la dernière fois. Il y a tellement de profondeur dans les personnages et les situations.

Nous ouvrons nos livres et commençons à lire ensemble. John lit à voix haute, ses mots sortent plus facilement qu'auparavant. Il fait quelques pauses pour discuter des passages qui le marquent ou pour poser des questions sur le sens d'un mot. Je suis là à chaque étape, l'encourageant et l'aidant avec patience et admiration pour ses progrès.

Après un moment, nous posons nos livres et commandons des cafés. Nous continuons à discuter, en échangeant nos impressions sur le

Possession

livre mais aussi sur nos vies et nos aspirations. Nos conversations sont devenues si fluides, comme si nous avions toujours partagé cette intimité d'esprit.

Je découvre en John un homme profondément sensible et curieux, passionné par le monde qui l'entoure. Il partage ses voyages et ses expériences, sa vision unique des choses, et je me surprends à être captivée par chaque mot qu'il dit.

À mesure que l'après-midi avance, je sens une connexion spéciale se développer entre nous. Il y a une complicité douce et subtile qui se tisse entre nos conversations, une émotion qui se révèle dans les regards échangés et les sourires partagés.

Le temps passe trop vite à notre goût, mais nous ne nous pressons pas. Nous savourons chaque instant passé ensemble, dans cette bulle de partage et de découverte mutuelle. La lumière du soir commence à baigner le café d'une teinte dorée, et nous réalisons que l'heure avance.

> — Je suis tellement heureux d'avoir pu partager cette après-midi avec toi, Eva, dit John avec sincérité, une lueur douce dans ses yeux.
>
> — Moi aussi, John, réponds-je doucement, sentant mon cœur s'accélérer légèrement. C'est un vrai plaisir de te connaître de cette manière.

Nous nous regardons un moment, un silence paisible s'installant entre nous. Nous nous séparons finalement, conscients que cette journée restera gravée dans nos mémoires comme un moment spécial, une étape sur un chemin que nous explorons ensemble.

Possession

En rentrant chez moi ce soir-là, je repense à chaque détail de notre après-midi ensemble. Mon esprit est rempli de John, de ses paroles et de la façon dont il a lentement mais sûrement fait une place dans mon cœur.

Possession

La semaine qui suit notre après-midi au Café des Artistes passe à une vitesse folle. Je suis absorbée par mon travail d'écriture, chaque journée se transformant en une danse effrénée avec les mots.

Pourtant, malgré ma concentration sur mon roman, une partie de mon esprit revient inlassablement à John.

Je m'assois à mon bureau, les doigts martelant les touches de mon clavier, capturant des émotions et tissant des histoires. Mais entre deux paragraphes, son sourire, sa voix résonnent encore dans mes pensées. Il a laissé une empreinte indélébile sur mon cœur, et son absence se fait sentir.

C'est alors que mon téléphone vibre, me sortant de ma transe inventive. Je le ramasse pour voir un message de ma mère. Son nom sur l'écran me fait sourire doucement, mais aussi sentir un pincement de culpabilité. J'ai été tellement absorbée par mon travail que j'ai négligé de prendre des nouvelles.

Le message est bref mais chargé d'inquiétude :

« Ma chérie, je n'ai pas de nouvelles de toi depuis trop longtemps. Tout va bien ? Tu me manques. Appelle-moi quand tu peux. »

Je lis le message plusieurs fois, la culpabilité me piquant le cœur. Ma mère est toujours là pour moi, prévenante et aimante. Je prends une profonde inspiration, réalisant que je dois prendre un moment pour elle, pour la rassurer.

Possession

Je compose son numéro et attends nerveusement qu'elle réponde. Quand elle le fait enfin, sa voix chaleureuse me fait fondre instantanément.

— Maman, je suis désolée de ne pas t'avoir appelée plus tôt, dis-je, essayant de garder ma voix calme malgré le nœud dans ma gorge. Tout va bien, vraiment. Je suis juste prise par mon écriture.

Elle soupire doucement de soulagement de l'autre côté de la ligne.

— Je suis contente de t'entendre, ma chérie. Tu sais que je m'inquiète toujours pour toi. Et puis, tu me manques.

Je souris, les larmes me montent aux yeux.

— Je suis désolée, maman. Je vais essayer de te voir bientôt, d'accord ?

— Promets-le moi, répond-elle doucement. Et comment va ton travail d'écriture ?

Nous continuons de parler pendant un moment, partageant des nouvelles et des anecdotes. Ma mère me rappelle à quel point il est important de trouver un équilibre entre travail et vie personnelle et je promets de la voir bientôt.

Après avoir raccroché, je me sens plus légère, le poids de l'inquiétude de ma mère soulevé de mes épaules. Mais une autre pensée persiste : John. Il me manque, sa présence et notre connexion spéciale. Je me demande s'il pense aussi à moi comme je pense à lui. Je décide de lui envoyer un SMS aussitôt.

Je prends mon téléphone, tapote doucement le message à John, sentant mon cœur battre un peu plus vite à chaque mot écrit :

Possession

« Salut John, j'espère que tu vas bien. Ça fait déjà un moment. Est-ce que ça te dirait d'aller au cinéma demain ? J'aimerais bien te revoir. Dis-moi si tu es disponible ! »

Je relis le message plusieurs fois, ajustant quelques mots pour m'assurer que cela sonne comme je le souhaite. Puis, avec un soupir mêlé d'excitation, j'appuie sur « Envoyer » et attends, le regard fixé sur l'écran, espérant une réponse rapide de sa part.
Alors que j'attends nerveusement la réponse de John, mes pensées commencent à dériver vers mon passé amoureux. Cela fait presque cinq ans que je n'ai pas eu de relation sérieuse. La dernière, avec Julien, s'est terminée de manière si brutale que j'en porte encore les cicatrices.
Julien et moi étions ensemble depuis deux ans, et je croyais que notre relation était solide. Nous partagions tout : des rires, des rêves, des plans pour l'avenir. Mais du jour au lendemain, il m'a quittée sans préavis, sans explication claire. Un simple message, froid et détaché, pour mettre fin à ce que je pensais être notre histoire d'amour.
Cette rupture m'a laissée anéantie, avec un vide immense dans le cœur. Pendant des mois, j'ai eu du mal à me relever, à comprendre ce qui avait pu mal tourner. Les nuits sans sommeil, les journées passées à ressasser chaque moment passé ensemble, à chercher des signes que j'aurais pu manquer. Mais rien n'a jamais fait sens.

Possession

Depuis, j'ai construit une sorte de mur autour de mon cœur, me concentrant sur mon écriture, mes rêves et ma carrière. Les rencontres amoureuses se faisaient rares et superficielles. J'avais peur de me laisser à nouveau emporter par les émotions, de risquer une nouvelle blessure.

Pourtant, depuis que John est entré dans ma vie, quelque chose a changé. Sa présence, son authenticité et notre connexion spéciale ont commencé à éroder ce mur que j'avais si soigneusement bâti. Je me surprends à espérer, à ressentir cette étincelle que j'avais presque oubliée.

Le fait de lui avoir envoyé ce message aujourd'hui est un grand pas pour moi. C'est comme si je prenais le risque de m'ouvrir à nouveau, de laisser entrer quelqu'un dans mon monde. Et bien que cela m'effraie, l'espoir qui accompagne cette peur me rappelle que la vie vaut la peine d'être vécue pleinement, avec tous ses risques et ses incertitudes.

Je prends une grande inspiration, mes pensées revenant à l'instant présent. Mon téléphone vibre enfin, et je regarde l'écran avec un mélange d'appréhension et d'excitation. La réponse de John est là, et avec elle, la promesse d'un nouveau chapitre à écrire.

Je sens mon cœur s'accélérer alors que je prends mon téléphone pour lire la réponse.

« Salut Eva ! Je vais bien, merci. Moi aussi, tu me manques. Aller au cinéma demain serait super ! Dis-moi simplement quelle heure et quel film tu préfères. J'ai hâte de te revoir. À bientôt ! »

Possession

Je souris en lisant ses mots, une vague de soulagement et de joie me réconforte. Ses mots sont simples mais sincères, et je sens cette étincelle de connexion se raviver entre nous.

Possession

Le lendemain, je me rends au bar où John et moi avons convenu de nous retrouver avant d'aller au cinéma. L'endroit est chaleureux, avec une ambiance tamisée et des étagères remplies de livres, parfait pour une conversation intime avant notre film.

En entrant, je repère John assis à une table près de la fenêtre, une boisson devant lui. Il me fait signe avec un sourire éclatant. Je ressens une vague de chaleur en le voyant, heureuse de le retrouver après cette semaine d'absence.

— Salut, Eva, dit-il en se levant pour m'embrasser sur la joue. Tu es superbe ce soir.

— Merci, John, réponds-je en souriant. Toi aussi, tu es élégant. Prêt pour notre soirée cinéma ?

— Absolument, dit-il en me tendant une chaise. Mais d'abord, je voulais te parler de quelque chose.

Je m'assois, intriguée par son ton sérieux. John prend une gorgée de sa boisson avant de poser ses yeux sur moi, une étincelle de détermination dans son regard.

— Eva, j'ai beaucoup réfléchi à notre conversation sur ton travail d'écriture, commence-t-il. Tu es incroyablement talentueuse et je crois vraiment en ton potentiel. J'aimerais te proposer quelque chose.

Je l'écoute attentivement, mon cœur battant un peu plus vite.

— Je sais que ce n'est pas facile de percer dans le monde de l'édition, poursuit-il. Et je voudrais t'aider. Je suis prêt à financer tes projets d'écriture, pour que tu puisses te

Possession

concentrer pleinement sur ton art sans te soucier des contraintes financières.

Je reste sans voix, émue par sa proposition généreuse.

— John, c'est... C'est incroyablement gentil de ta part, mais je ne sais pas si je peux accepter.

— Écoute, dit-il en posant une main rassurante sur la mienne. Ce n'est pas juste une aide financière. J'ai aussi des contacts dans le monde de l'édition. Je peux utiliser mes relations pour t'aider à éditer ton roman et te faire connaître. Ton talent mérite d'être reconnu, Eva.

Je sens les larmes me monter aux yeux, touchée par sa sincérité et sa volonté de m'aider.

— Je ne sais pas quoi dire, John. C'est tellement... généreux.

— Dis simplement que tu accepteras mon aide, dit-il avec un sourire chaleureux. Je veux te voir réussir, Eva. Je crois en toi.

Je prends une profonde inspiration, réfléchissant à sa proposition. L'idée de pouvoir me consacrer entièrement à mon écriture, sans le stress financier, est tentante. Et savoir que quelqu'un comme John croit en moi et veut m'aider à réaliser mes rêves est incroyablement réconfortant.

— D'accord, dis-je enfin, ma voix tremblant légèrement. J'accepte ton aide, John. Merci, vraiment.

John serre doucement ma main, un sourire radieux illuminant son visage.

Possession

— Parfait. Maintenant, allons profiter de notre soirée cinéma.

Nous nous levons, main dans la main, et sortons du bar en direction du cinéma. Tandis que nous marchons côte à côte dans les rues illuminées de Paris, je me sens dotée d'une nouvelle énergie et d'une gratitude profonde pour cet homme qui a déjà tant apporté à ma vie.

Possession

4

Assis dans notre coin habituel du Café des Artistes, la lumière douce des lampes suspendues créant une atmosphère intime, John et moi nous retrouvons pour une autre de nos séances littéraires. Le roman de John Fante « Mon chien stupide » est posé entre nous, mais ce soir, notre attention est ailleurs.

Nous avons décidé de faire une pause dans la lecture pour discuter de nos vies, de nos familles, de nos passés et de nos rêves. Il y a une profondeur dans nos échanges qui dépasse les mots écrits sur les pages de nos livres.

John est le premier à parler. Il ajuste légèrement ses lunettes avant de poser son regard sur moi, ses yeux bleus brillants d'une honnêteté désarmante.

— Eva, il y a quelque chose que j'aimerais te raconter à propos de ma famille.

Je hoche la tête, l'encourageant à continuer.

— Je t'écoute, John.

Il prend une profonde inspiration.

— Mon père est un homme d'affaires très influent. Toute ma vie, j'ai grandi avec la pression de reprendre l'entreprise familiale. Mais ce n'est pas ce que je veux. Je veux tracer mon propre chemin, trouver ma propre voie. C'est pourquoi je suis tellement motivé à surmonter ma dyslexie et à améliorer mes compétences littéraires.

Je sens une vague de compassion me submerger.

Possession

— Je comprends, John. Ce n'est pas facile de vivre avec les attentes des autres, surtout quand elles ne correspondent pas à nos propres aspirations.

Il acquiesce, un sourire reconnaissant se dessinant sur ses lèvres.

— Et toi, Eva ? Parle-moi de ta famille.

Je prends une gorgée de mon café avant de répondre, cherchant les mots justes.

— Mes parents sont incroyablement aimants, mais aussi très protecteurs. Je suis fille unique et je pense qu'ils ont toujours voulu me voir réussir. Ma mère, en particulier, a toujours eu peur que je ne réussisse pas en tant qu'auteure. Elle me soutient, mais je sens son inquiétude à chaque fois que nous parlons.

John secoue la tête, comprenant parfaitement ce que je ressens.

— Ça doit être difficile de jongler entre leur soutien et leur inquiétude.

— Oui, ça l'est, dis-je en soupirant légèrement. Mais j'essaie de leur prouver que je peux y arriver. Mon objectif est de publier mon roman et de vivre de mon écriture. C'est ce qui me motive chaque jour.

Un silence confortable s'installe entre nous, plein de compréhension mutuelle et de respect pour nos luttes respectives. Puis, John rompt le silence avec une question qui me surprend par sa simplicité et sa profondeur.

— Et pour l'avenir, Eva ? Quels sont tes rêves les plus fous ?

Possession

Je souris, réfléchissant un instant avant de répondre.

— Mon rêve le plus fou serait de voir mes livres sur les étagères des librairies du monde entier, de voyager pour rencontrer mes lecteurs et d'inspirer d'autres personnes à poursuivre leurs propres rêves.

John sourit à son tour, ses yeux brillants d'une nouvelle détermination.

— Je suis sûr que tu y arriveras, Eva. Tu as le talent et la passion pour ça.

— Merci, John, dis-je, touchée par sa foi en moi. Et toi ? Quels sont tes rêves les plus fous ?

Il prend un moment pour réfléchir, son regard se perdant un instant dans le lointain avant de revenir sur moi.

— Je rêve de fonder une organisation qui aiderait les jeunes dyslexiques à surmonter leurs difficultés et à poursuivre leurs passions. Je veux utiliser les ressources et les contacts que j'ai pour faire une différence.

Un sentiment de profond respect pour John me trouble. Il n'est pas seulement un héritier riche ; il est quelqu'un avec une vision et un cœur immense.

— C'est un rêve admirable, John. Je suis sûre que tu y arriveras.

Nous continuons de discuter ainsi, partageant nos espoirs et nos peurs, nos rêves et nos doutes. À mesure que la nuit avance, je sens que nous nous rapprochons encore plus, tissant des liens qui vont bien au-delà de notre amour partagé pour la littérature.

Possession

Le café se vide lentement, les conversations autour de nous se taisant une à une. Mais nous restons là, plongés dans notre propre univers, construisant des ponts entre nos vies et nos rêves.

Après avoir quitté le Café des Artistes, nous nous dirigeons vers les quais de la Seine. La nuit est fraîche, et la lumière des réverbères se reflète doucement sur l'eau. Le silence de Paris à cette heure tardive nous enveloppe, créant une atmosphère intimiste parfaite pour continuer notre discussion.

John et moi marchons côte à côte, nos épaules se frôlant de temps en temps. Nous prenons notre temps, savourant chaque instant, chaque mot échangé.

— Tu sais, commence John, j'ai une sœur cadette. Elle s'appelle Emily. Elle a toujours été brillante, à sa manière. Plus extravertie, plus à l'aise avec les gens. En quelque sorte, elle a toujours su comment se faire remarquer et se faire aimer. Moi, j'étais plus réservé, plus en retrait.

Je tourne mon regard vers lui, intriguée.

— Ça doit être agréable d'avoir une sœur.

John acquiesce de la tête.

— Emily est une lumière dans ma vie. Mais notre enfance n'a pas toujours été facile. Avec les attentes de notre père, il y avait beaucoup de pression sur nous deux. Pourtant, elle a toujours su comment s'en sortir avec grâce. Moi, j'ai eu du mal à suivre.

Je sens une vague de compassion me toucher en plein cœur.

Possession

— Ça a dû être difficile de vivre dans l'ombre de quelqu'un d'aussi charismatique, surtout avec la dyslexie en plus.

— Oui, ça l'était, répond-il, son regard perdu dans les souvenirs. Mais Emily a toujours été là pour moi, malgré tout. Elle comprenait mes luttes mieux que quiconque, même mieux que nos parents. Elle m'a soutenu dans mes moments de doute, et c'est en partie grâce à elle que je suis ici aujourd'hui, à essayer de surmonter mes défis.

Je souris, touchée par cette relation fraternelle.

— C'est merveilleux d'avoir quelqu'un comme ça dans sa vie. J'ai souvent rêvé d'avoir un frère ou une sœur avec qui partager mes joies et mes peines.

Je pose une main réconfortante sur son bras.

— Elle semble vraiment incroyable, ta sœur.

— Elle l'est, dit-il avec un sourire mélancolique. Elle est partie étudier à l'étranger, et même si nous sommes loin l'un de l'autre, nous restons très proches. Elle m'encourage toujours à suivre mes rêves, même si cela signifie aller à l'encontre des attentes de notre père.

Nous continuons à marcher en silence pendant un moment, appréciant la tranquillité de la nuit. Puis John se tourne vers moi, un sourire espiègle sur le visage.

— Dis-moi, Eva, quel est ton souvenir d'enfance le plus heureux ?

Je ris doucement, réfléchissant un instant.

Possession

— Il y en a tellement, mais je pense que l'un de mes préférés est les étés passés chez mes grands-parents. Ils vivaient dans une petite maison de campagne, et chaque été, je passais des heures à lire sous les arbres, à explorer les bois. C'était ma période préférée de l'année, loin de la pression et des attentes.

— Ça a l'air idyllique, dit-il avec un sourire rêveur. Je n'ai jamais eu cette chance, mais j'imagine que ça doit être merveilleux.

— Ça l'était, dis-je en souriant. Et toi, John ? Un souvenir heureux ?

Il réfléchit un instant, puis répond.

— Les vacances en famille à la mer. Malgré les tensions, il y avait des moments où tout semblait parfait. Les journées à la plage, les rires, les soirées à regarder les étoiles. Ce sont des souvenirs que je chéris.

Nous continuons à partager nos souvenirs et nos rêves, marchant le long de la Seine jusqu'à ce que nous atteignons un petit pont pittoresque. Nous nous arrêtons, regardant les lumières de Paris danser sur l'eau. La nuit est calme, mais nos cœurs sont pleins de connexions, de compréhensions profondes et de promesses tacites de ce que l'avenir pourrait nous réserver.

En rentrant chez moi, je ferme la porte derrière moi et pose mon sac sur la chaise près de l'entrée. Le silence de mon petit studio parisien m'enveloppe, contrastant avec l'animation de la journée que je viens de vivre. Je me dirige vers la fenêtre, tirant légèrement les rideaux

Possession

pour regarder les lumières de la ville. La nuit est calme, et je peux entendre le bruit lointain de la circulation et des conversations en bas.

Je me laisse tomber sur mon canapé, les pensées tournant dans ma tête. Cette journée avec John a été... différente. Inattendue. Enrichissante. Rencontrer quelqu'un avec qui je me sens en phase, quelqu'un qui comprend mes luttes et partage mes rêves, c'est rare. Je repense à notre conversation au café, aux confidences échangées. John m'a ouvert une fenêtre sur sa vie, une vie bien différente de la mienne mais étrangement similaire dans les émotions et les défis. Sa dyslexie, son obligation de reprendre les entreprises familiales, sa relation avec sa sœur Emily – tout cela m'a permis de voir une nouvelle facette de lui. Une facette vulnérable et humaine, loin de l'image du riche héritier que je m'étais imaginée.

Et puis, il y a eu notre balade le long de la Seine. Les confidences ont continué à affluer, créant un lien plus profond entre nous. J'ai senti une connexion, une compréhension mutuelle qui me réchauffe encore le cœur en y pensant. John est quelqu'un de spécial et je suis reconnaissante d'avoir croisé son chemin.

Je me lève et me dirige vers mon bureau. Mon ordinateur est là, attendant patiemment que je continue à écrire. Je m'installe et allume l'écran, mais avant de commencer à taper, je prends un moment pour réfléchir. Cette journée a ravivé quelque chose en moi. Une inspiration, une motivation inédite et puissante.

Possession

Deux semaines plus tard, je suis assise à mon bureau, un sourire triomphant sur les lèvres. Je viens de taper les derniers mots de mon roman et un sentiment de satisfaction et d'accomplissement m'apaise. C'est terminé. Mon histoire est enfin complète. Je relis rapidement les dernières pages, me sentant à la fois émue et fière de ce que j'ai créé.

Sans hésiter, je saisis mon téléphone et compose le numéro de John. L'excitation monte en moi alors que j'entends les tonalités d'appel. Il répond après quelques sonneries, sa voix chaleureuse et familière résonnant à l'autre bout du fil.

— Eva ! Comment vas-tu ?

— John, tu ne devineras jamais ! m'exclamé-je, incapable de contenir ma joie. J'ai terminé ! J'ai fini d'écrire mon roman !

Il y a un moment de silence, puis il laisse échapper un rire joyeux.

— C'est fantastique, Eva ! Félicitations ! Je savais que tu pouvais le faire.

— Merci, John, dis-je, sentant mes joues s'embraser de fierté et d'émotion. Je ne sais pas si j'aurais pu y arriver sans ton soutien. Ta confiance en moi m'a vraiment aidée.

— Je n'ai jamais douté de toi, répond-il, sa voix remplie de sincérité. Je suis vraiment heureux pour toi. Tu dois être sur un petit nuage en ce moment.

— Tu n'as pas idée, dis-je en riant. Je voulais te remercier en personne. Es-tu libre ce soir pour fêter ça ?

Possession

— Absolument, répond-il sans hésitation. Dis-moi où et quand, et je serai là.

Nous convenons de nous retrouver dans notre café habituel près des Tuileries. Après avoir raccroché, je me sens légère, comme si un poids avait été levé de mes épaules. Finir ce roman représente plus qu'un simple accomplissement littéraire ; c'est un symbole de ma résolution et de ma capacité à surmonter les obstacles.

Je me prépare rapidement, choisissant une tenue qui reflète mon état d'esprit joyeux. En route pour le café, je ne peux m'empêcher de sourire, repensant à tout le chemin parcouru depuis notre première rencontre.

En arrivant au café, je repère John assis à notre table habituelle, un grand sourire sur le visage. Il se lève et me serre dans ses bras dès que je m'approche, son étreinte chaude et réconfortante.

— Je suis tellement fier de toi, Eva, murmure-t-il à mon oreille avant de me relâcher. Tu l'as fait.

— Merci, John, dis-je en me reculant légèrement pour le regarder dans les yeux. Vraiment, merci pour tout.

Nous nous asseyons et commandons des boissons, un sentiment de célébration dans l'air. La soirée passe rapidement alors que nous discutons de mon roman, de mes projets de publication, et de tout ce que cela représente pour moi. John est un auditeur attentif, ses yeux brillent de fierté et d'admiration.

— Alors, de quoi parle ton roman ? demande-t-il avec curiosité.

Possession

Je lui raconte l'histoire, les personnages, et les thèmes que j'ai explorés. Il écoute avec intérêt, posant des questions et offrant des commentaires encourageants.

— Ça a l'air incroyable, Eva. Je suis sûr que ce sera un succès, dit-il avec conviction.

— J'espère, dis-je en souriant. Mais même si ce n'est pas le cas, je suis fière de ce que j'ai accompli.

Nous levons nos verres en un toast silencieux à cet accomplissement. La soirée est parfaite, marquée par un sentiment de bonheur et de promesse pour l'avenir.

En quittant le café, nous nous promenons une fois de plus le long des quais de la Seine, nos discussions se mêlant au murmure de l'eau. John me raconte des anecdotes de son enfance avec Emily, et nous rions ensemble, appréciant chaque moment partagé.

Cette journée marque un nouveau chapitre dans ma vie, un chapitre plein de possibilités et de rêves réalisés. Et je suis infiniment reconnaissante d'avoir John à mes côtés pour partager cette aventure.

Possession

Je me souviens clairement de cette journée chargée d'émotions. Après avoir cliqué sur « Envoyer » pour transmettre mon roman à mes bêta lecteurs, un mélange d'agitation et d'appréhension m'a envahi. Chaque sonnerie de mon téléphone depuis lors m'a fait sursauter, espérant un retour rapide et craignant en même temps les critiques potentielles qui pourraient arriver.

C'est alors que mon téléphone vibre à nouveau. Je décroche pour entendre la voix chaude de John de l'autre côté.

— Eva, j'ai une idée pour te changer les idées, dit-il avec enthousiasme. Que dirais-tu d'un week-end en Corse ? On pourrait s'échapper un peu, profiter du soleil, de la mer, et ne penser à rien d'autre que de se détendre.

Son offre tombe à point nommé. Je souris, sentant un poids se soulever de mes épaules.

— John, ce serait parfait, réponds-je, déjà apaisée par sa présence réconfortante.

Nous convenons des détails rapidement. Le simple fait de planifier ce voyage me permet de me détourner de mes inquiétudes pour mon roman. John a toujours eu un don pour trouver les mots justes et les actions appropriées pour me soutenir, et cette fois ne fait pas exception.

Après avoir raccroché, je me sens plus légère, plus confiante. J'ai hâte de ce moment où je pourrai échapper à Paris pour un peu de temps, avec John à mes côtés.

Je m'effondre sur mon lit, un sourire incontrôlable aux lèvres. L'excitation me submerge à l'idée de partir en Corse avec John. Mes

Possession

pensées s'envolent vers les plages de sable chaud, le soleil étincelant sur la mer turquoise, et le simple fait de m'éloigner de tout pour un moment.

Les soucis et les doutes concernant mon roman se dissipent temporairement. Je ressens une bouffée d'optimisme et de joie anticipative. La perspective de passer du temps avec John dans un cadre aussi idyllique me comble de bonheur.

Je prends quelques instants pour imaginer les moments à venir : les promenades main dans la main le long du rivage, les repas sous les étoiles, et les conversations profondes et légères que nous partagerons. Cette escapade est exactement ce dont j'ai besoin pour recharger mes batteries et retrouver un état d'esprit positif.

Je vais commencer à préparer ma valise, déjà impatiente de vivre cette nouvelle aventure avec celui qui est devenu bien plus qu'un simple ami désormais.

Je commence par choisir des vêtements légers et confortables, adaptés au climat méditerranéen. Des robes fleuries et des shorts, quelques hauts décontractés et une tenue plus élégante pour une éventuelle sortie en soirée. Je plie soigneusement chaque vêtement, imaginant déjà les moments où je les porterai.

Ensuite, je m'attaque aux essentiels de voyage : crème solaire, chapeau, lunettes de soleil, et bien sûr, mon appareil photo pour capturer les souvenirs précieux. J'ajoute à cela mes livres de poche préférés, parce que rien ne vaut une lecture relaxante sur le sable chaud.

Possession

Mon sac de plage est rempli avec une serviette, de la crème après-soleil, et un bon roman. Je souris en pensant à la tranquillité que je trouverai en parcourant les pages tout en écoutant le bruit des vagues.

Possession

Je m'installe confortablement dans mon siège de première classe, émerveillée par le luxe qui m'entoure dans cet avion pour Ajaccio. Les fauteuils moelleux, les repas élégamment servis et les petites attentions luxueuses me font me sentir à la fois privilégiée et un peu intimidée. Je jette un regard nerveux par la fenêtre, alors que l'avion commence à rouler sur la piste.

John, assis à côté de moi, remarque mon regard inquiet et sourit doucement.

— Tu n'as pas l'air très à l'aise, Eva, dit-il d'une voix douce et rassurante. Ne t'inquiète pas, tout va bien se passer. L'avion est l'un des moyens de transport les plus sûrs au monde.

Je lui lance un regard incertain, serrant inconsciemment le bras de mon siège.

— Je sais, mais il y a quelque chose dans le fait de voler qui me rend nerveuse, avoué-je timidement.

John rit doucement, sa main se posant doucement sur la mienne pour me rassurer.

— Je comprends. Mais regarde autour de toi, nous sommes dans un avion de première classe. Ils ont tout prévu pour que notre voyage soit agréable et sûr. Et puis, la Corse nous attend avec ses plages magnifiques et son soleil radieux.

Ses paroles me réconfortent. Je respire profondément, essayant de me détendre. John continue de me divertir avec des anecdotes sur ses voyages passés et des histoires drôles pour apaiser mes nerfs.

Possession

Petit à petit, ma tension diminue et je commence à me sentir plus à l'aise.

Alors que l'avion prend de l'altitude, je me laisse bercer par le ronronnement des moteurs et les paroles apaisantes de John. Bientôt, nous serons en route vers un week-end plein de soleil, de rires et de moments précieux ensemble.

Possession

Je descends de l'avion à Ajaccio, baignée par une chaleur estivale enveloppante et un ciel d'un bleu profond. À mes côtés, John semble rayonner, son sourire radieux et ses yeux pétillants d'excitation. Un chauffeur nous attend à la sortie de l'aéroport, accueillant et souriant, prêt à nous conduire vers notre destination.

Nous montons à bord d'une luxueuse voiture qui nous emmène à travers les routes bordées de palmiers et de paysages méditerranéens. Le trajet est agréable, ponctué par les commentaires enthousiastes de John sur les beautés de l'île et les endroits que nous pourrions explorer.

Finalement, nous arrivons à une somptueuse villa nichée sur une colline surplombant la mer. Mes yeux s'agrandissent d'émerveillement en découvrant cet espace magnifique, où chaque détail respire le luxe et le confort.

John me regarde avec tendresse, un sourire malicieux aux lèvres.

— Eva, bienvenue chez moi, dit-il simplement.

Je reste sans voix un moment, impressionnée par cette révélation.

— Tu es propriétaire de tout ça ? balbutié-je, encore sous le choc.

Il acquiesce avec modestie.

— Oui, c'est un petit coin de paradis que j'ai eu la chance d'acquérir il y a quelques années. J'espère que tu te sentiras à l'aise ici.

Je ne peux m'empêcher de m'émerveiller devant la vue imprenable sur la mer, la piscine scintillante et les jardins bien entretenus qui s'étendent à perte de vue. C'est comme un rêve devenu réalité.

Possession

— John, c'est incroyable, dis-je finalement, incapable de cacher ma joie. Je suis aux anges. Merci de m'avoir emmenée ici.

Il me sourit tendrement, ses yeux brillant d'une lueur chaleureuse.

— Je suis heureux que ça te plaise, Eva. Maintenant, détends-toi, profitons de ce week-end ensemble.

Je suis incapable de contenir mon sourire. Ce week-end promet d'être bien plus merveilleux que je n'aurais jamais osé l'imaginer. Je m'installe confortablement sur la terrasse de la villa, le regard captivé par la splendeur du jardin luxuriant qui s'étend devant nous. Les palmiers majestueux se balancent doucement au rythme de la brise marine, leurs feuilles argentées brillant sous le soleil éclatant de la Corse. Des massifs de fleurs colorées éclatent de couleurs vives tout autour, ajoutant une touche de magie à ce tableau déjà idyllique.

À mes côtés, John prépare habilement des cocktails rafraîchissants, remplissant l'air de l'arôme enivrant du mélange de fruits et de glace. Il me tend un verre avec un sourire majestueux, ses yeux pétillants de joie. Nous trinquons à notre arrivée et à ce moment de tranquillité, savourant chaque gorgée dans cette oasis de beauté.

— Ce jardin est incroyable, dis-je finalement, admirant la vue. On dirait presque un tableau vivant.

John secoue la tête, ses doigts frôlant doucement le bord de son verre.

Possession

— C'est l'une des raisons pour lesquelles j'aime tant cet endroit. C'est un refuge, loin du tumulte de la vie quotidienne.

Nous restons silencieux un moment, simplement absorbés par la sérénité qui règne autour de nous. Puis, naturellement, nos conversations reprennent, fluides et confortables comme si nous avions toujours été ensemble de cette façon.

Alors que nous échangeons des histoires et des rires, je sens une connexion spéciale se renforcer entre nous. Chaque instant passé ensemble ne fait que renforcer ce lien, rendant chaque sourire et chaque regard partagé encore plus précieux.

Dans ce cadre enchanteur, entourés par la beauté et la quiétude de la nature, nous nous rapprochons encore un peu plus, nos cœurs battant à l'unisson au rythme de cette escapade magique en Corse.

Possession

5

Je m'assois à mon bureau, le regard rivé sur l'écran de mon ordinateur, les doigts nerveusement entrelacés. Quatre semaines ont passé depuis notre retour de Corse, et les jours semblent s'étirer interminablement alors que j'attends avec anxiété des nouvelles de mon roman désormais envoyé en maisons d'édition.

Le stress me pèse, faisant de chaque minute une épreuve d'attente et d'anticipation. Je sors rarement de chez moi ces jours-ci, absorbée par mes pensées et mes inquiétudes.

John, de son côté, est plongé dans ses affaires, et cette semaine, il a dû se rendre à Londres pour un projet important. Ses appels et messages sont les seuls liens qui me relient encore au monde extérieur, à cette réalité où nous ne sommes pas toujours ensemble physiquement.

Assise dans la quiétude de mon appartement parisien, je repense souvent à nos moments en Corse, à la chaleur du soleil sur notre peau, aux rires partagés et aux instants de complicité. C'était comme si le temps s'était arrêté, nous laissant savourer chaque instant ensemble.

Maintenant, dans cette solitude temporaire, chaque coin de l'appartement semble me rappeler son absence. Je me concentre sur mon écriture pour me distraire, mais chaque mot que je pose sur le papier semble vide sans lui.

Les jours passent lentement, ponctués par les appels nocturnes avec John, où nous partageons nos journées et nos pensées. Chaque

Possession

conversation me rapproche un peu plus de lui, mais aussi de la réalité de notre vie parfois séparée par les circonstances.

Dans cette période d'attente et de solitude, je me raccroche à l'espoir que tout ira bien pour mon roman et que John reviendra bientôt, ramenant avec lui cette chaleur et cette connexion si précieuse qui nous lie.

Je me tiens devant le miroir de ma chambre, les mains légèrement tremblantes alors que je sors mes produits de maquillage.

Aujourd'hui, j'ai décidé de me préparer et de sortir seule pour me balader dans Paris. Peut-être que cette escapade citadine m'aidera à apaiser l'anxiété qui me damne.

Je commence par appliquer un fond de teint léger, en tapotant doucement pour obtenir un fini naturel. Le geste répétitif m'apaise un peu, m'offrant une distraction bienvenue. Ensuite, je trace un trait d'eyeliner précis sur mes paupières, suivie d'une touche de mascara pour agrandir mon regard. Je termine par une touche de blush rosé sur mes joues et un rouge à lèvres nude.

Je prends un moment pour m'admirer dans le miroir, satisfaite du résultat. Je me sens un peu plus confiante, prête à affronter la journée dehors. J'ouvre mon armoire et choisis une tenue élégante mais confortable : une robe d'été légère et fleurie, parfaite pour la météo clémente de Paris, et une paire de sandales en cuir.

Enfiler la robe me procure une sensation de renouveau, comme si je me préparais pour une occasion spéciale. J'ajoute quelques accessoires discrets : une fine chaîne dorée autour du cou, une paire

Possession

de boucles d'oreilles assorties, et un sac en bandoulière pratique mais chic.

Avant de sortir, je vérifie une dernière fois mon reflet. La femme qui me regarde dans le miroir semble plus assurée, prête à parcourir la ville lumière avec un regard neuf. J'inspire profondément, attrape mes clés et mon sac, puis quitte l'appartement.

Les rues de Paris m'attendent, pleines de promesses et de découvertes. Aujourd'hui, je me donne la chance de redécouvrir la beauté de ma ville, de me perdre dans ses ruelles pittoresques et de me laisser surprendre par ses trésors cachés. Avec chaque pas, je laisse derrière moi un peu de mon anxiété, accueillant l'aventure et la liberté que cette journée m'offre.

Je me retrouve à marcher lentement à travers les allées sinueuses du cimetière du Père Lachaise, chaque pas résonnant doucement sur le gravier. Ce lieu a toujours eu pour moi une aura mystique, un mélange étrange de sérénité et de mystère. Les tombes, certaines ornées de sculptures élaborées, d'autres simples et modestes, racontent des histoires de vies passées, de rêves éteints et de souvenirs chéris.

Les arbres anciens se dressent fièrement, leurs branches formant une canopée ombragée qui filtre la lumière du soleil en d'innombrables motifs mouvants sur le sol. L'air est frais et légèrement humide, imprégné du parfum des fleurs déposées en hommage aux défunts. Le chant des oiseaux et le murmure lointain de la ville créent une symphonie paisible, comme une berceuse pour les âmes endormies ici.

Possession

Je m'arrête devant la tombe de Jim Morrison, l'une des plus visitées du cimetière. Les fans ont laissé des lettres, des fleurs et des souvenirs, rendant hommage à l'icône du rock. Un peu plus loin, la tombe d'Oscar Wilde, recouverte de baisers rouges laissés par des admirateurs dévoués, me rappelle la passion éternelle que l'œuvre et la personnalité de cet écrivain ont suscitées.

Chaque coin du cimetière semble abriter un secret, une histoire qui n'attend que d'être découverte. Les noms gravés dans la pierre sont des fenêtres vers le passé, des rappels de la fugacité de la vie et de l'importance d'aimer chaque instant. En me promenant, je ne peux m'empêcher de ressentir une profonde humilité et une connexion intime avec l'histoire de cette ville, avec ces âmes qui ont contribué à la bâtir.

Je trouve un banc en pierre à l'ombre d'un grand chêne et m'assieds un moment, laissant mes pensées vagabonder. Le Père Lachaise est un lieu où le temps semble suspendu, où le passé et le présent coexistent harmonieusement. C'est un endroit pour réfléchir, pour se souvenir, et pour trouver une étrange forme de paix au milieu de l'agitation de la vie quotidienne.

Alors que je me lève pour continuer ma promenade, je réalise combien cet endroit m'a apaisée. Il y a quelque chose de réconfortant dans la permanence des pierres tombales, dans le souvenir des vies qui ont marqué leur époque. Ici, au cœur de ce cimetière historique, je me sens étrangement revitalisée, prête à surmonter les défis qui m'attendent, avec un sens récent de la perspective et de la gratitude.

Possession

Je franchis la porte de mon appartement, les souvenirs du Père Lachaise encore vivaces dans mon esprit. J'accroche mon sac à son crochet habituel et m'étire légèrement, appréciant la sensation de familiarité qui m'anime. Alors que je me dirige vers la cuisine pour me préparer une tasse de thé, mon téléphone se met à vibrer sur la table basse.

Je le saisis rapidement et vois le nom de John s'afficher à l'écran. Un sourire éclaire instantanément mon visage alors que je décroche.

— Salut, John, dis-je joyeusement, essayant de masquer mon agitation.

— Salut, Eva, répond-il, sa voix apaisante. Comment vas-tu ?

— Je vais bien, dis-je en me laissant tomber sur le canapé. Je viens de rentrer d'une balade au Père Lachaise. Et toi ? Comment ça se passe à Londres ?

— Ah, Londres, soupire-t-il, une touche de nostalgie dans sa voix. C'est une ville magnifique, vraiment. J'ai eu des réunions interminables, mais j'ai réussi à me promener un peu. Les parcs sont superbes et la Tamise est vraiment impressionnante.

— Ça a l'air fantastique, dis-je, essayant d'imaginer John déambulant dans les rues animées de Londres. Je suis contente que tu profites un peu malgré le travail.

— Oui, mais tu me manques, Eva, avoue-t-il après un court silence. J'aurais aimé que tu sois là avec moi pour partager tout ça.

Possession

Mon cœur fait un bond à ces mots, une douce chaleur se répandant en moi.

— Toi aussi tu me manques, John, murmuré-je sincèrement. Paris est moins lumineux sans toi.

— Je rentrerai bientôt, promet-il, sa voix se faisant plus tendre. Et quand je reviendrai, on se rattrapera. Je veux entendre toutes tes histoires, tout ce que tu as fait pendant mon absence.

— Je t'attendrai, dis-je avec un sourire. En attendant, fais attention à toi et profite de chaque moment.

Nous continuons à discuter pendant un moment, partageant des anecdotes et des rires. Sa voix est une ancre qui me rappelle l'alchimie profonde que nous avons tissée, même à des kilomètres de distance. Après avoir raccroché, je me sens revigorée, comme si sa présence m'avait touchée à travers les ondes.

Je me lève du canapé, le sourire toujours aux lèvres, et me dirige vers mon bureau. Inspirée par notre conversation, je m'assois pour écrire, laissant mes doigts courir sur le clavier, transformant mes émotions en mots. Même en son absence, John continue de m'inspirer et je me sens plus prête que jamais à affronter les pages blanches qui m'attendent.

Possession

Le jour tant attendu est enfin arrivé. Je me réveille avec le soleil, une excitation palpable parcourant tout mon corps. John rentre aujourd'hui et rien ne pourrait entamer ma bonne humeur. Dès que mes yeux s'ouvrent, je saute hors du lit, prête à commencer cette journée spéciale.

Après une rapide douche, je me tiens devant mon armoire, réfléchissant à la tenue parfaite pour accueillir John. Je veux qu'il voie à quel point je suis heureuse de son retour, à quel point il m'a manqué. Après quelques minutes d'hésitation, je choisis une robe légère bleu marine, élégante mais confortable, avec de fines bretelles et une coupe fluide qui met en valeur mes formes sans être trop voyante. Je l'associe à une paire de sandales dorées et discrètes. Je passe ensuite à ma coiffeuse et commence à me maquiller, prenant soin de chaque détail. Un fond de teint léger, un soupçon de blush pour donner de la couleur à mes joues, un trait d'eyeliner fin pour souligner mes yeux, et enfin, un rouge à lèvres rose pâle pour une touche de fraîcheur. Chaque geste est méticuleux, presque cérémonial. Je veux que tout soit parfait.

En me coiffant, j'opte pour des boucles légères, naturelles, qui encadrent mon visage et adoucissent mes traits. Quelques vaporisations de parfum viennent compléter mon look, ajoutant une touche subtile mais délicate.

Enfin prête, je prends un moment pour m'admirer dans le miroir. Je me sens bien, belle et pleine d'énergie. Une dernière vérification rapide, et je sors de mon appartement, impatiente de retrouver John.

Possession

En marchant vers le café où nous avons convenu de nous retrouver, je sens mon cœur battre plus vite. Les rues de Paris semblent plus lumineuses, les gens plus souriants, comme si la ville elle-même partageait mon anticipation. Chaque pas me rapproche un peu plus de lui et je me surprends à sourire à chaque reflet que je croise.

Arrivée au café, je choisis une table en terrasse, celle où nous nous asseyons souvent, avec une vue parfaite sur les passants et l'animation de la rue. Je commande un café, incapable de m'asseoir sans rien faire en attendant son arrivée. Le serveur, qui commence à me connaître, me sourit chaleureusement en apportant ma commande.

Et puis, enfin, je le vois. John descend de la voiture qui l'a conduit de l'aéroport et dès que nos regards se croisent, une vague de bonheur m'envahit. Il est là, en chair et en os, et tout à coup, l'attente, l'anxiété, tout semble s'évaporer. Il me sourit, ce sourire que j'aime tant et je me lève pour aller à sa rencontre, incapable de contenir ma joie.

Alors qu'il s'approche, je sens les larmes de bonheur monter, mais je les retiens. Aujourd'hui est un jour de célébration et rien ne pourrait gâcher ce moment.

John avance vers moi, son sourire s'élargissant à chaque pas. Mon cœur bat à tout rompre alors que je me précipite vers lui. Nous nous retrouvons enfin, et l'espace d'un instant, le monde semble s'arrêter.

— Eva, dit-il doucement, ses yeux brillants d'émotion.

— John, murmuré-je en retour, incapable de dire plus alors que je me perds dans son regard.

Possession

Nous nous serrons dans les bras et je ressens immédiatement une vague de chaleur et de confort. Tout le stress et l'angoisse des derniers jours disparaissent, remplacés par une intense sensation de paix.

— Tu m'as tellement manqué, dit-il en relâchant doucement son étreinte, mais en gardant ses mains sur mes épaules.

— Toi aussi, réponds-je en souriant. C'était long sans toi.

Nous nous asseyons à la table en terrasse, toujours main dans la main. Le serveur revient avec un sourire et prend la commande de John, un café noir, son préféré.

— Alors, comment était Londres ? demande-je, curieuse de tout savoir.

— C'était... intense, commence-t-il, en soupirant légèrement. Les réunions étaient nombreuses, mais j'ai réussi à voir quelques endroits incroyables. Les parcs, les musées, la Tamise... tout était magnifique. Mais j'aurais préféré que tu sois là avec moi.

— Ça sonne vraiment bien, dis-je, imaginant John se promenant dans les rues de Londres. Mais Paris n'était pas pareil sans toi. J'ai beaucoup pensé à toi.

Il sourit doucement.

— Et toi, comment ça s'est passé ici ?

Je prends une gorgée de mon café avant de répondre.

— Eh bien, j'ai envoyé mon roman en maison d'édition, et maintenant j'attends leurs avis. C'est un peu stressant, tu

Possession

sais ? Mais j'ai essayé de me changer les idées en me baladant un peu.

— Je suis sûr que ton roman sera très bien accueilli, dit-il avec assurance. Tu es tellement talentueuse, Eva.

— Merci, dis-je en rougissant légèrement. Et toi, tu as réussi à trouver du temps pour lire, malgré le travail ?

— Pas autant que je l'aurais voulu, avoue-t-il. Mais j'ai pris quelques notes et des idées pour des projets futurs. Je veux vraiment m'améliorer et je sais que tu pourras m'aider.

— Je suis là pour ça, dis-je en serrant doucement sa main. Et tu t'en sors déjà très bien.

Nous continuons à parler de nos semaines respectives, partageant des anecdotes et des rires. La conversation est fluide, naturelle, et je me rends compte à quel point la présence de John m'a manqué. Il raconte des histoires de ses rencontres à Londres, des moments amusants et des défis et je partage mes propres aventures et pensées. Le temps passe vite et avant que nous le sachions, le soleil commence à décliner, teintant le ciel de nuances dorées. Nous restons là, à savourer notre café et notre compagnie, profitant de chaque instant.

— Je suis tellement content d'être de retour, dit John, brisant un moment de silence confortable.

— Moi aussi, réponds-je. Je n'aurais jamais pensé que tu me manquerais autant.

Il me regarde avec tendresse.

Possession

— Promets-moi que nous ne resterons plus jamais aussi longtemps séparés.

— Promis, dis-je en souriant. Plus jamais.

Je rentre chez moi après cette journée merveilleuse passée avec John, encore sur un petit nuage. Après une rapide douche, j'enfile mon pyjama préféré, celui en coton doux avec des étoiles imprimées et je me dirige vers le salon. J'allume la télévision et parcours les options de films. Mon choix se porte finalement sur un film de Shyamalan, « Sixième Sens », l'un de mes préférés.

Je m'installe confortablement sur le canapé avec un bol de pop-corn, prête à me plonger dans l'intrigue captivante du film. Les lumières tamisées, le son enveloppant de la télévision et la chaleur du plaid sur mes jambes créent une atmosphère parfaite pour une soirée cinéma.

Mais, alors que le film progresse, mon esprit vagabonde inévitablement vers John. Les moments que nous avons passés ensemble aujourd'hui défilent dans ma tête et je ne peux m'empêcher de sourire. La sensation de ses bras autour de moi, son rire réconfortant, la douceur de ses paroles... Tout cela me manque déjà, même s'il n'est parti que depuis quelques heures.

Je pense à ses projets, à ses voyages, à la vie qu'il mène entre Londres et Paris. Je me demande à quel point il est fatigué après une semaine aussi intense. J'espère qu'il se repose bien ce soir. J'imagine ce que nous ferons lors de notre prochain rendez-vous, les lieux que nous pourrions visiter, les conversations que nous pourrions avoir. Une partie de moi souhaite que nous puissions passer chaque soirée

Possession

ensemble, mais je sais que nos vies respectives sont encore en phase d'ajustement.

Le film continue de dérouler ses scènes de suspense, mais mes paupières deviennent de plus en plus lourdes. Je me blottis un peu plus sous le plaid, le bol de pop-corn maintenant à moitié vide sur la table basse. Mes pensées restent fixées sur John, sur la chaleur de sa présence, sur l'attente délicieuse de nos prochains moments partagés. Peu à peu, la fatigue l'emporte. Mes yeux se ferment, et je sombre doucement dans le sommeil, bercée par les dernières notes de la bande sonore du film et les images de John dans mon esprit. Le canapé devient étrangement confortable, et je dérive, un sourire sur les lèvres, vers des rêves où John et moi partageons des moments encore plus magiques.

Possession

Je me réveille en sursaut, désorientée par la lumière du matin qui inonde mon salon. Mon regard se pose sur l'horloge murale et je réalise avec horreur que je suis en retard. Très en retard. Mon rendez-vous avec John au Café des Artistes était censé commencer il y a vingt minutes.

— Non, non, non! murmuré-je en me levant précipitamment du canapé, le plaid tombant au sol.

Mon cœur bat la chamade alors que je me dépêche de me préparer. Je cours dans la salle de bains, éclaboussant mon visage d'eau froide pour chasser les derniers vestiges de sommeil. Une rapide brosse de cheveux, un coup de mascara, et je suis déjà en train de fouiller dans mon armoire pour trouver quelque chose à enfiler. J'opte pour un jean skinny et un chemisier blanc, simples mais élégants, et j'enfile une paire de ballerines confortables. Pas le temps de réfléchir davantage. J'attrape mon sac, vérifie rapidement que j'ai bien pris « Les liaisons dangereuses » et sors en trombe de mon appartement.

Les rues de Paris sont déjà animées, mais je n'ai pas le luxe de profiter de la vue. Je me précipite vers le métro, mon esprit embrouillé par la panique de ce retard impardonnable. John doit déjà m'attendre et je déteste l'idée de le faire patienter. Il a déjà un emploi du temps si chargé et chaque minute de notre temps ensemble est précieuse.

Arrivée à la station, je m'engouffre dans le métro, guettant chaque arrêt avec impatience. Les secondes semblent s'étirer en une éternité. Finalement, j'atteins ma destination et monte les escaliers deux par

Possession

deux, émergeant à la surface avec un soupir de soulagement en apercevant le Café des Artistes au coin de la rue.

Je pousse la porte du café, essoufflée et légèrement désorientée. Mon regard cherche fébrilement John parmi les clients matinaux. Il est là, assis à notre table habituelle, un sourire amusé sur les lèvres malgré mon retard. Sa présence m'apaise immédiatement et je me dirige vers lui en m'excusant.

— Je suis tellement désolée, John, dis-je en m'asseyant face à lui. Je me suis endormie sur le canapé hier soir et je me suis réveillée en retard.

— Ne t'inquiète pas, Eva, répond-il avec un sourire radieux. Je suis juste content que tu sois là. J'ai commandé ton café préféré.

Je souris, reconnaissante de sa compréhension.

— Merci, tu es un ange.

Il sort son exemplaire des « Liaisons dangereuses » et le pose sur la table.

— Prête à plonger dans les intrigues de Valmont et Merteuil ?

— Absolument, dis-je en me détendant enfin, prête à profiter de cette séance de lecture avec lui. Les mots de Choderlos de Laclos prennent vie sous nos yeux et je savoure chaque instant de cette matinée qui commence finalement sous de meilleurs auspices.

Possession

Je suis impressionnée par les progrès de John. Il lit avec plus de fluidité, ses hésitations diminuent et sa confiance s'accroît à chaque page tournée.

— Tu te débrouilles vraiment bien, John, dis-je avec un sourire sincère. Ton amélioration est remarquable. Tu as vraiment travaillé dur.

Il rougit légèrement, un sourire modeste aux lèvres.

— Merci, Eva. C'est grâce à toi. Ton aide est inestimable.

Nous continuons à lire, discutant des personnages et de leurs intrigues complexes. La conversation est animée et engageante et je me sens véritablement heureuse de partager ce moment avec lui. Mon téléphone vibre soudainement sur la table, attirant mon attention. Je jette un coup d'œil rapide à l'écran. Un e-mail.

— Excuse-moi une seconde, dis-je en ouvrant le message, espérant secrètement de bonnes nouvelles concernant mon roman.

Mais mon cœur se serre en lisant les premières lignes. C'est un refus. Une maison d'édition vient de rejeter mon manuscrit. Les mots défilent devant mes yeux, flous et cruels :

« Nous regrettons de vous informer... ne correspond pas à notre ligne éditoriale actuelle... »

Je sens les larmes monter, mais je prends une profonde inspiration, essayant de garder mon calme. Je repose lentement mon téléphone sur la table, le visage fermé.

Possession

— Tout va bien, Eva ? demande John, son regard plein de sollicitude.

Je force un sourire, bien que mon cœur soit lourd.

— C'est... c'est rien. Juste un refus d'une maison d'édition. C'était le premier envoi, alors...

Il tend la main pour toucher la mienne, une chaleur réconfortante dans son geste.

— Je suis désolé, Eva. C'est toujours difficile à entendre. Mais ne te décourage pas. Ton talent finira par être reconnu, j'en suis sûr.

Sa voix est douce et rassurante, mais l'amertume du rejet persiste en moi.

— Merci, John. Je suppose que ça fait partie du processus.

Il serre légèrement ma main.

— Absolument. Chaque refus te rapproche un peu plus de l'acceptation. Et tu as tant de potentiel, je sais que tu y arriveras.

Je hoche la tête, essayant de me convaincre de ses paroles.

— Tu as raison. Il faut juste continuer.

Nous retournons à notre lecture, mais l'ambiance a changé. Malgré les efforts de John pour me réconforter, je ne peux m'empêcher de penser à cet e-mail, à cet énième obstacle sur mon chemin. Mais en voyant l'ambition et l'encouragement dans les yeux de John, je me promets de ne pas abandonner. Pour moi. Pour lui. Pour ce rêve qui me tient tant à cœur.

Possession

6

Le Café des Abbesses, niché au cœur du 18ème arrondissement de Paris, est l'un de mes lieux favoris. Les murs sont décorés de photos d'artistes et de vieilles affiches de spectacles, créant une ambiance bohème qui inspire la créativité. John et moi avons décidé d'y étudier notre nouveau roman, « L'Inconnue du 17 mars » de Didier Van Cauwelaert, un livre que j'ai hâte de découvrir avec lui.

Nous nous sommes installés à une petite table près de la fenêtre, où la lumière douce du matin filtre à travers les rideaux en dentelle. Le murmure des conversations autour de nous crée une toile de fond apaisante.

— Prêt à plonger dans cette nouvelle histoire ? lui demande-je en ouvrant le livre.

John acquiesce avec un sourire, mais je remarque une lueur de nervosité dans ses yeux. Nous commençons à lire, alternant les paragraphes, mais je sens son esprit ailleurs. Ses réponses sont distraites et son regard se perd souvent dans le vide.

Après quelques pages, il m'interrompt soudainement, sa voix tremblante.

— Eva, attends. Je... je dois te parler de quelque chose.

Je lève les yeux, surprise par la gravité dans son ton.

— Qu'est-ce qu'il y a, John ?

Il prend une profonde inspiration, ses mains serrées sur la table.

— Je ne peux pas continuer comme ça sans te dire ce que je ressens. Depuis que nous nous sommes rencontrés, tu as

Possession

changé ma vie de tant de façons. Tu m'as aidé à surmonter mes difficultés, à croire en moi. Et plus nous passons de temps ensemble, plus je me rends compte que mes sentiments pour toi ont évolué.

Mon cœur commence à battre plus vite. Je sens une chaleur monter à mes joues tandis que ses mots résonnent en moi.

— Eva, je suis tombé amoureux de toi, continue-t-il, ses yeux fixés dans les miens. Je sais que ça peut te surprendre, mais je devais te le dire. Tu es la personne la plus incroyable que j'aie jamais rencontrée et je veux être à tes côtés, non seulement comme un ami ou un étudiant, mais comme quelqu'un qui t'aime profondément.

Les émotions se bousculent en moi : surprise, joie et une vague d'incertitude. Les paroles de John sont sincères, et je peux voir la vulnérabilité dans son regard.

— John, je... balbutié-je, cherchant les mots justes. Je ne savais pas... Enfin, je ne m'attendais pas à ça.

Il attrape doucement ma main, son pouce caressant ma peau.

— Je ne te demande pas de répondre tout de suite. Je voulais juste que tu saches ce que je ressens. Peu importe ta réponse, notre amitié et notre collaboration comptent énormément pour moi.

Je sens les larmes me monter aux yeux, émue par sa déclaration et par la sincérité de son amour.

Possession

— John, je... je suis touchée par ce que tu viens de dire. Vraiment. J'ai besoin de temps pour y réfléchir, mais sache que tu es aussi très important pour moi.

Il sourit, soulagé.

— Prends tout le temps dont tu as besoin. Je serai là, quoi qu'il arrive.

Nous restons ainsi, main dans la main, le livre oublié entre nous. Les mots semblent insuffisants pour exprimer l'ampleur de ce moment, mais un sentiment de paix profond s'installe entre nous. Paris, avec ses cafés et ses secrets, nous a offert un nouveau chapitre et je suis prête à découvrir où cela nous mènera.

Possession

Le soir même, je suis seule chez moi, allongée sur mon lit, les yeux fixés sur le plafond obscurci par la noirceur de la nuit. Les pensées tourbillonnent dans ma tête, refusant de se calmer. Je me tourne et me retourne, incapable de trouver le sommeil.

Les mots de John résonnent encore en moi, sa déclaration d'amour douce et inattendue. Je devrais être ravie, comblée par la possibilité d'un amour partagé, mais une part de moi est en proie au doute et à l'incertitude. Mes pensées dérivent vers Julien, mon ancienne relation chaotique, qui a laissé des cicatrices profondes et invisibles. Julien et moi étions passionnés, mais cette passion s'était rapidement transformée en conflit et en douleur. Quand il m'a quittée brutalement, j'ai juré de ne plus jamais me laisser blesser de cette manière.

Je soupire et me tourne sur le côté, serrant mon oreiller contre moi. Les images de Julien et moi reviennent, mêlées aux souvenirs de nos disputes incessantes et des promesses non tenues. Je me rappelle de la douleur, de la trahison, et de la longue période de guérison qui a suivi. Je me suis promis de ne plus jamais retomber dans ce piège, de ne plus jamais me perdre dans une relation destructrice.

Mais John est différent, me dis-je pour me rassurer. John est gentil, attentionné et sincère. Pourtant, une voix intérieure me murmure que m'engager à nouveau pourrait me coûter cher. Est-ce que je suis prête à prendre ce risque ? Puis-je vraiment lui faire confiance ?

Je souhaite tellement en parler à John, partager mes craintes et mes hésitations, mais les mots restent bloqués dans ma gorge. Comment pourrait-il comprendre ? Comment pourrais-je lui expliquer la peur

Possession

qui me tenaille sans le blesser, sans diminuer la valeur de ses sentiments pour moi ?

Je ferme les yeux, essayant de chasser ces pensées. Demain est un autre jour, me dis-je, et peut-être que j'aurai le courage de parler à John. Pour l'instant, tout ce que je peux faire, c'est espérer que la nuit apportera un peu de répit à mon esprit tourmenté.

Possession

Je me réveille après une nuit catastrophique, les yeux lourds et l'esprit embrouillé. Les premières lueurs du jour percent à travers les rideaux de ma chambre, mais elles n'apportent aucun réconfort. Les pensées sombres de la nuit précédente pèsent toujours sur moi, et je sais que je ne peux pas continuer à les ignorer.

Assise sur le bord de mon lit, je prends une profonde inspiration et saisis mon téléphone. Mes doigts tremblent légèrement alors que je cherche le contact de John. C'est difficile, mais je sais que je dois être honnête avec lui. Il mérite de savoir ce qui se passe dans ma tête.

Je commence à taper, les mots venant plus facilement que je ne le pensais.

« Bonjour John,

Je sais que c'est tôt et que cela peut sembler soudain, mais j'ai besoin de te parler de quelque chose d'important. J'ai beaucoup réfléchi depuis hier, et je veux être honnête avec toi sur mes sentiments et mes craintes.

Il y a quelques années, j'ai vécu une relation très difficile avec quelqu'un qui s'appelait Julien. Cette relation m'a laissé des cicatrices profondes, et il m'a fallu beaucoup de temps pour m'en remettre. Julien et moi étions passionnés, mais cette fougue s'est rapidement transformée en conflit et en douleur. Quand il m'a quitté brutalement, j'ai juré de ne plus jamais me laisser blesser de cette manière.

Possession

Je suis terrifiée à l'idée de m'engager à nouveau, même avec quelqu'un d'aussi merveilleux que toi. Je suis hantée par la peur de revivre cette douleur et cela m'empêche de me lancer pleinement dans cette nouvelle histoire avec toi.

Je veux que tu saches que ce n'est pas à cause de toi. Tu es incroyable, attentionné et sincère, et je tiens énormément à toi. Mais j'ai besoin de temps pour surmonter ces peurs et pour apprendre à te faire confiance complètement.

Merci de comprendre, et merci d'être aussi patient avec moi.

Eva ».

Je relis le message plusieurs fois, m'assurant que chaque mot reflète ce que je ressens. Puis, avec un soupir tremblant, j'envoie. Le message part, emportant avec lui une partie de mes angoisses. Maintenant, il ne reste plus qu'à attendre.

Quelques minutes plus tard, mon téléphone vibre. C'est John. Mon cœur bat plus vite alors que j'ouvre son message.

« Bonjour Eva,

Merci pour ton message et pour ta sincérité. Je suis vraiment désolé d'apprendre ce que tu as traversé avec Julien. Je ne peux qu'imaginer à quel point cela a dû être difficile pour toi.

Je veux que tu saches que je comprends tes peurs et tes doutes. Il n'y a aucune pression de ma part pour que tu t'engages plus vite que tu ne le souhaites. Prends tout le temps dont tu as besoin.

Possession

Je tiens à toi, Eva, et je suis prêt à t'aider à te reconstruire. Je suis ici pour toi, peu importe combien de temps cela prendra. Nous pouvons avancer à ton rythme et je ferai de mon mieux pour te montrer que tu peux me faire confiance.
Si tu veux en parler davantage ou si tu as besoin de moi, je suis là.
Passe une bonne journée et j'espère te voir bientôt.
John. »

Un sourire se dessine sur mes lèvres tandis que je lis ses mots. Sa compréhension et sa patience m'apaisent, et je sens une lueur d'espoir poindre à travers mes craintes. Peut-être que, cette fois, les choses seront différentes.
Après avoir lu le message de John, je sens un poids se lever de mes épaules. Ses mots réconfortants et son soutien inconditionnel me donnent un regain d'énergie. Je décide de ne pas rester enfermée chez moi toute la journée à ressasser mes pensées. J'ai besoin de m'évader mentalement, et une session de shopping semble être la solution parfaite.
Je prends mon téléphone et envoie un message à John :

« Merci pour tes mots, John. Ils m'ont vraiment rassurée. J'ai besoin de sortir un peu pour changer d'air. Ça te dirait de m'accompagner pour une session de shopping cet après-midi ? »

Quelques instants plus tard, il répond :

Possession

« Bien sûr, avec plaisir. Dis-moi où et à quelle heure, je serai là. »

Je souris, soulagée de sa réponse positive. Nous convenons de nous retrouver à 14 heures près des Galeries Lafayette. Après un rapide coup d'œil dans le miroir pour m'assurer que je suis présentable, je sors de mon appartement et me dirige vers la station de métro. Lorsque j'arrive, John m'attend déjà à l'entrée, un sourire franc sur les lèvres. Il est habillé décontracté mais avec une élégance naturelle qui lui va si bien.

— Salut Eva, tu as l'air radieuse, dit-il en m'embrassant sur la joue.

— Merci, John. J'avais vraiment besoin de sortir et de penser à autre chose. Prêt pour une virée shopping ? je réponds en souriant.

Il rit légèrement.

— Toujours prêt.

Nous entrons dans le grand magasin et je me laisse entraîner par l'ambiance animée et les couleurs vives des vitrines. Nous passons d'un rayon à l'autre, essayant des vêtements, riant des tenues improbables et partageant des moments de légèreté. John me complimente souvent, me faisant me sentir spéciale et appréciée.

À un moment, nous nous arrêtons devant un petit café à l'intérieur du magasin pour prendre une pause. Assis à une table, nous sirotons des cappuccinos et discutons de tout et de rien. John est curieux de connaître mes goûts en matière de mode et je suis surprise de découvrir qu'il a un œil très affûté pour les détails.

Possession

— Je dois avouer que je ne m'attendais pas à ce que tu sois aussi à l'aise avec le shopping, je taquine.

— Et bien, disons que j'ai eu quelques cours accélérés, plaisante-t-il. Mais c'est surtout agréable de passer du temps avec toi, peu importe ce que nous faisons.

Je rougis légèrement, touchée par sa gentillesse.

— Merci, John. Ça me fait vraiment du bien de t'avoir ici.

Nous terminons notre pause et continuons notre exploration du magasin. La journée passe rapidement et je me sens plus légère, comme si les angoisses du matin s'étaient dissipées.

En fin d'après-midi, nous sortons des Galeries Lafayette, les bras chargés de sacs.

— Merci pour cette journée, John. C'était exactement ce dont j'avais besoin, dis-je en souriant.

— C'était un plaisir, Eva. J'ai passé un très bon moment aussi. Et je suis là pour toi, n'oublie pas ça.

Nous nous séparons après un dernier sourire, chacun reprenant le chemin de chez soi. Je rentre chez moi, le cœur un peu plus léger, reconnaissante d'avoir quelqu'un comme John à mes côtés.

En arrivant dans mon cocon, je dépose mes sacs dans l'entrée et retire mes chaussures. La journée a été épuisante mais incroyablement revigorante. Je me dirige vers le salon, où j'étale mes nouvelles acquisitions sur le canapé. Les vêtements sont magnifiques et je ne peux m'empêcher de sourire en les contemplant.

Possession

Je prends une robe élégante entre mes mains, la texture douce du tissu glissant entre mes doigts. Je me souviens du moment où John m'a aidée à choisir cette robe, son regard appréciatif et ses compliments sincères. Chaque pièce que nous avons achetée aujourd'hui semble porter un peu de cette chaleur et de cette complicité.

Mais au-delà de la joie, un sentiment de gêne commence à s'infiltrer. John a été tellement généreux, insistant pour m'offrir la plupart de ces vêtements. Bien que ses gestes soient empreints de gentillesse, je ne peux m'empêcher de me sentir mal à l'aise. Je n'aurais jamais pu m'offrir autant de choses avec mes propres moyens et cette réalité pèse lourdement sur mon esprit.

Je m'assois sur le canapé, une robe encore dans les mains et laisse mes pensées dériver. J'apprécie profondément tout ce que John fait pour moi, mais cette disparité entre nos situations financières me met mal à l'aise. Je ne veux pas qu'il pense que je profite de lui et je veux pouvoir être indépendante, même si ce n'est pas toujours facile.

Je soupire et me lève pour accrocher les vêtements dans mon placard. Chaque pièce trouve sa place, mais le sentiment de malaise persiste. Alors que je ferme les portes du placard, mon téléphone vibre sur la table basse. C'est un message de John.

« J'espère que tu as passé une aussi bonne journée que moi. Ça m'a fait plaisir de te voir sourire. Passe une bonne soirée, Eva. »

Possession

Je souris malgré moi en lisant ses mots. John a un don pour me faire sentir spéciale et aimée. Je prends mon téléphone et réponds rapidement.

« Merci encore pour aujourd'hui, John. C'était merveilleux. Passe une bonne soirée toi aussi. »

En envoyant le message, je me promets de parler de mes sentiments à John. Il mérite de savoir ce que je ressens, même si c'est difficile à exprimer. Pour l'instant, je décide de me détendre et de profiter de la soirée. Je me dirige vers la cuisine pour préparer une tasse de thé, déterminée à trouver un équilibre entre gratitude et indépendance. Le soir venu, je me retrouve devant la télévision, un bol de soupe chaude à la main. Le programme défile à l'écran, mais je n'y prête guère attention. Mes pensées sont ailleurs, constamment ramenées vers John. Sa gentillesse, sa patience et son sourire réconfortant hantent agréablement mon esprit.

Je pose le bol vide sur la table basse et m'enfonce dans le canapé, les jambes repliées sous moi. La télévision continue de murmurer en arrière-plan, mais les images et les sons ne parviennent pas à me distraire de mes réflexions.

John a été une bouffée d'air frais dans ma vie, une présence rassurante qui m'a aidée à traverser des moments difficiles. Aujourd'hui, sa générosité m'a profondément touchée, même si elle a aussi réveillé des insécurités en moi. Pourtant, au-delà de la gêne et de l'incertitude, un sentiment plus fort émerge : je me rends

Possession

compte que je tiens vraiment à lui, bien plus que je ne l'avais admis jusqu'à présent.

Je me lève pour éteindre la télévision, plongeant le salon dans une douce pénombre. Je me dirige vers la fenêtre et regarde les lumières de Paris scintiller dans la nuit. Mes pensées se font plus claires, plus déterminées.

Je veux voir John demain. Je veux lui parler de ce que je ressens, de mes peurs et de mes espoirs. Je veux lui avouer que, malgré mes doutes, il compte énormément pour moi. Il est temps d'être honnête, de lui ouvrir mon cœur comme il l'a fait pour moi.

Je prends mon téléphone et envoie un message à John :

« Salut John, j'aimerais te voir demain. J'ai quelque chose d'important à te dire. »

Quelques secondes plus tard, sa réponse arrive :

« Bien sûr, Eva. Je serai là. »

Un sourire se dessine sur mes lèvres. J'ai pris ma décision, et je suis déterminée à la suivre. Je retourne vers le canapé et m'enroule dans une couverture, mon cœur battant un peu plus vite à l'idée de ce qui m'attend demain. Je ferme les yeux, une douce excitation m'envahit, je suis prête à affronter mes sentiments et à partager enfin ce que j'ai sur le cœur.

Possession

Le lendemain matin, je prépare avec soin l'appartement pour la venue de John. J'ai choisi de l'inviter chez moi pour cette conversation importante, préférant l'intimité de mon espace personnel à l'agitation d'un café. J'ouvre les fenêtres pour laisser entrer l'air frais de Paris et arrange quelques fleurs sur la table basse. Mon cœur bat rapidement alors que l'heure du rendez-vous approche.

À l'heure convenue, on frappe à la porte. Je prends une grande inspiration et vais ouvrir. John se tient là, un sourire sur le visage, vêtu de manière décontractée mais élégante.

— Salut, Eva, dit-il doucement.

— Salut, John. Entre, s'il te plaît.

Il entre et je ferme la porte derrière lui. Nous nous asseyons dans le salon, le silence n'étant brisé que par le léger bruit des voitures passant dans la rue en contrebas. John semble légèrement inquiet, ses yeux scrutant les miens, cherchant des indices sur ce que j'ai à lui dire.

— John, je commence, les mains légèrement tremblantes. Je... j'ai réfléchi à beaucoup de choses ces derniers temps. À toi, à moi, et à ce que nous partageons.

Il reste silencieux, m'encourageant d'un regard patient.

— Tu as été incroyablement gentil et généreux avec moi, et je t'en suis tellement reconnaissante. Mais au-delà de ça, je me suis rendue compte de quelque chose de plus profond.

Je marque une pause, cherchant mes mots. Je tiens à toi, John. Plus que je ne l'avais prévu. Et cela me fait peur

Possession

parce que... parce que ma dernière relation a été difficile. Julien m'a laissée avec des cicatrices, des peurs d'être blessée à nouveau.

John prend doucement ma main dans la sienne.

— Eva, je comprends. Je suis ici pour toi, et je veux que tu te sentes en sécurité avec moi. Je t'aime comme tu es, avec tes peurs et tes espoirs.

Ces mots résonnent en moi, dissipant une partie de mes craintes. Je prends une profonde inspiration avant de continuer.

— John, je... je t'aime. Et je veux essayer, même si j'ai encore des doutes et des peurs. Je veux être avec toi.

Un sourire radieux éclaire le visage de John.

— Moi aussi, Eva. Je t'aime.

Il se penche vers moi et je sens mon cœur battre la chamade. Lentement, il rapproche son visage du mien et nos lèvres se rencontrent dans un baiser doux et tendre. C'est notre premier baiser et il est empreint de toutes les émotions que nous avons gardées en nous jusqu'à présent. Je sens ses mains se poser sur mes joues, et je me perds dans cet instant, mes peurs s'effaçant pour laisser place à une chaleur réconfortante.

Nous nous séparons lentement, nos fronts se touchant.

— Merci, John, murmuré-je.

— Non, merci à toi, Eva, répond-il, ses yeux brillant d'une sincérité évidente. Pour m'avoir fait confiance et m'avoir ouvert ton cœur.

Possession

Nous restons ainsi, enlacés, savourant ce moment de pure connexion. Pour la première fois depuis longtemps, je me sens pleinement en paix, prête à embrasser ce que l'avenir nous réserve ensemble.

Possession

7

L'automne a doucement pris ses quartiers à Paris. Les feuilles des arbres ont revêtu leurs plus belles teintes dorées, et l'air frais apporte avec lui un sentiment de renouveau. Les trottoirs sont couverts d'un tapis de feuilles mortes. La lumière douce du soleil d'automne illumine les façades des bâtiments haussmanniens, leur conférant une chaleur inattendue. Les cafés en terrasse sont animés, les Parisiens savourant des boissons chaudes tout en admirant le spectacle coloré de la saison. L'air est frais et vivifiant, empreint de l'odeur des feuilles humides et du parfum des marrons chauds. Paris, en cette saison, se révèle dans toute sa beauté sereine et mélancolique.

John et moi vivons un bonheur tranquille depuis quelques semaines, nos journées remplies de rires, de complicité et de tendres moments partagés. Pourtant, une ombre plane sur notre idylle : ce soir, je vais rencontrer les parents de John pour la première fois, lors d'une réception familiale dans leur somptueuse demeure secondaire.

John m'a rassurée plusieurs fois, affirmant que tout se passerait bien, mais je ne peux m'empêcher de ressentir une certaine appréhension. La famille de John est connue pour ses attentes élevées et son mode de vie bourgeois, très éloigné de mon univers.

— Tu es magnifique, me dit John en me regardant ajuster ma robe devant le miroir. Sa voix douce et ses yeux emplis de tendresse me rassurent quelque peu.

Possession

— Merci, dis-je en essayant de sourire. J'espère que tout se passera bien.

Il me prend la main.

— Ne t'inquiète pas. Mes parents verront à quel point tu es exceptionnelle.

Nous prenons un taxi pour nous rendre à la réception. Je suis assise à l'arrière de la voiture, les mains crispées sur mon sac. Le chauffeur de John conduit avec une assurance tranquille, mais je ne peux pas me détendre. Les arbres défilent par les fenêtres, leurs couleurs d'automne se mêlant dans un tourbillon de teintes chaudes. John est à mes côtés, et bien qu'il essaie de rester calme, je peux sentir la nervosité sous-jacente dans ses gestes. Chaque panneau de direction semble me rappeler l'importance de cette première rencontre avec ses parents. Le besoin de faire bonne impression m'oppresse, et mes pensées se bousculent. Je me demande comment je vais me comporter, si je serai à la hauteur. Le trajet me paraît interminable, et l'angoisse grandit avec chaque kilomètre qui nous rapproche de notre destination.

La demeure familiale des Lancaster est un véritable palais, niché dans un quartier huppé de la ville. Les grandes portes en bois s'ouvrent sur un hall d'entrée somptueux, orné de marbre et de chandeliers étincelants. Les invités, vêtus de tenues élégantes, déambulent avec une aisance naturelle qui me met mal à l'aise.

Nous sommes accueillis par les parents de John, le visage impassible. Sa mère, Élise, une femme élégante aux traits sévères,

Possession

m'observe avec un regard scrutateur, tandis que son père, Henry, un homme au port altier, affiche une froide politesse.

— Bonsoir, John. Bonsoir, Eva, dit Élise avec une voix douce mais détachée. Bienvenue.

— Merci, réponds-je, essayant de dissimuler ma nervosité.

Nous entrons dans le grand salon, où les conversations et les rires se mêlent au tintement des verres de champagne. John m'accompagne partout, me présentant aux différents membres de sa famille et à leurs amis. Cependant, je ne peux m'empêcher de remarquer les regards en coin et les murmures qui m'entourent. Ils sont discrets, mais suffisamment présents pour me faire comprendre que je ne suis pas à ma place.

Pendant le dîner, Élise s'emploie à me poser des questions sur ma carrière d'auteure, son ton faussement intéressé masquant à peine son mépris.

— Alors, Eva, dites-moi, comment parvenez-vous à vivre de votre plume dans un monde si compétitif ? Cela doit être... difficile, dit-elle en souriant froidement.

J'inspire profondément avant de répondre, essayant de garder mon calme.

— Oui, c'est un défi, mais c'est ma passion. Écrire me permet de m'exprimer et de toucher les autres, et c'est ce qui compte pour moi.

Henry ajoute d'un ton condescendant :

— C'est admirable. Toutefois, j'imagine qu'il est prudent de garder une certaine sécurité financière.

Possession

John, sentant ma tension, intervient.

— Eva est une écrivaine talentueuse et déterminée. Son travail est remarquable, et je suis fier de ce qu'elle accomplit.

Les parents de John échangent un regard, et Élise change de sujet, se tournant vers un autre invité. La soirée continue, chaque minute passant me donnant l'impression d'être sur scène, jugée par un public exigeant.

Les invités, élégamment vêtus, discutent avec une aisance sophistiquée qui accentue ma gêne. Leurs conversations portent sur des sujets raffinés et des anecdotes de voyages exotiques, et je me sens soudainement comme un intrus. Les regards curieux se posent sur moi, cherchant à évaluer ma place parmi eux. Les femmes portent des robes luxueuses aux tissus chatoyants, tandis que les hommes affichent des costumes impeccables et des montres en or. Je tente de sourire et de participer aux échanges, mais je me sens toujours en décalage, comme si chaque mot que je prononce accentuait encore plus mon incongruité. Les rires polis et les compliments mesurés semblent créer une barrière invisible, et je lutte pour me fondre dans cet univers qui m'est étranger.

Finalement, la réception touche à sa fin. John et moi quittons la demeure, retrouvant l'air frais de la nuit parisienne. Il me serre dans ses bras, posant un baiser sur mon front.

— Je suis désolé pour ce soir, murmure-t-il. Mes parents peuvent être... difficiles. Mais ce qui compte, c'est nous.

Je hoche la tête, reconnaissante pour son soutien.

Possession

— Oui, c'est nous.

En rentrant chez moi, je ne peux m'empêcher de repenser à la soirée. Les doutes s'insinuent, mais je sais que l'amour de John est réel et fort. Ensemble, nous affronterons les obstacles, peu importe leur nature.

Possession

Quelques jours après la réception, l'agitation de la soirée s'est estompée, mais les doutes demeurent. John est venu passer la soirée chez moi, dans mon petit studio parisien. L'appartement est modeste mais chaleureux, empli de livres et de souvenirs personnels, loin du luxe ostentatoire de la demeure familiale de John.

Nous sommes assis sur le canapé, une tasse de thé à la main. La lumière douce des lampes éclaire la pièce, créant une atmosphère intimiste. Pourtant, je sens une lourdeur peser sur mon cœur, une inquiétude que je ne peux plus ignorer. Je tourne la tasse entre mes mains, hésitante.

— John, commence-je doucement, cherchant ses yeux. Je dois te parler de quelque chose qui me tracasse.

Il pose sa tasse sur la table basse et se tourne vers moi, une expression de réelle inquiétude sur le visage.

— Qu'est-ce qui ne va pas, Eva ?

Je prends une autre respiration, essayant de trouver les mots justes.

— La réception chez tes parents... Ça m'a fait réaliser à quel point nos mondes sont différents. Je me suis sentie tellement mal à l'aise, comme si je n'étais pas à ma place. Ton univers est si éloigné du mien, et j'ai peur de ne jamais vraiment y appartenir.

John tend la main et prend la mienne dans la sienne, ses yeux fixés sur les miens avec une intensité réconfortante.

— Eva, je suis désolé que tu te sois sentie comme ça. Mes parents peuvent être intimidants, je le sais. Mais ce monde,

Possession

leur monde, n'est pas celui dans lequel je veux vivre. Ce que je veux, c'est être avec toi, où que ce soit.

Je secoue légèrement la tête, les larmes menaçant de couler.

— Mais ta famille, ton héritage, tout ça fait partie de toi. Je ne veux pas être un fardeau, quelqu'un qui ne peut pas s'intégrer.

John serre ma main plus fort, sa voix pleine de douceur.

— Tu n'es pas un fardeau, Eva. Tu es la personne qui m'apporte du bonheur et du sens. Ma famille doit apprendre à te connaître, à te comprendre. Et si ce n'est pas le cas, c'est leur problème, pas le nôtre.

Ses mots apaisent mes craintes, mais je sens encore une pointe d'inquiétude.

— Et si je ne pouvais jamais m'habituer à cette vie ? À ce que cela implique ?

Il se penche vers moi, posant son front contre le mien.

— Nous prendrons les choses un jour à la fois. Je serai là pour toi, quoi qu'il arrive. Et n'oublie pas, tu m'as aidé à surmonter tant de choses. Ensemble, nous pouvons tout affronter.

Un sourire timide se dessine sur mes lèvres.

— Merci, John. Ton soutien signifie beaucoup pour moi.

Il m'attire dans ses bras et je me blottis contre lui, trouvant réconfort et sécurité dans son étreinte. La chaleur de sa présence dissipe mes doutes, au moins pour l'instant. Nous restons ainsi, enveloppés dans la délicatesse de l'instant, le monde extérieur s'effaçant peu à peu.

Possession

— Je t'aime, Eva, murmure-t-il et ces mots résonnent en moi, chassant les dernières traces d'incertitude.

— Je t'aime aussi, John, réponds-je, mes inquiétudes se dissipent lentement dans l'étreinte de notre amour. Ensemble, nous pouvons affronter n'importe quel obstacle, peu importe d'où il vient.

La nuit avance, et malgré la chaleur réconfortante de l'étreinte de John, je sens que le moment pour lui dire ce que je ressens vraiment est arrivé. Le silence paisible de l'appartement est ponctué par le bruit lointain de la ville, une mélodie familière et rassurante.

— John, murmuré-je, levant les yeux pour le regarder. Est-ce que tu pourrais... rester cette nuit ?

Ses yeux s'illuminent d'une douceur inattendue. Il sourit, ce sourire qui fait battre mon cœur un peu plus vite à chaque fois.

— Bien sûr, Eva. Rien ne me ferait plus plaisir.

Je me redresse légèrement, mon regard plongé dans le sien.

— Ce sera notre première nuit ensemble, dis-je, une pointe de nervosité dans la voix.

Il caresse doucement ma joue.

— Je veux que ce soit spécial pour nous deux. Juste toi et moi, sans le monde extérieur.

Nous nous levons du canapé, nos mains toujours entrelacées, et nous nous dirigeons vers ma chambre. L'ambiance est intimiste, la pièce baignée dans une lumière tamisée qui crée une atmosphère sereine. Je prends un instant pour me changer, enfilant une chemise de nuit

Possession

confortable, tandis que John attend patiemment, respectant mon espace.

Quand je reviens, il est déjà allongé sur le lit, m'observant avec tendresse. Je le rejoins, me glissant sous les couvertures. L'instant est chargé de promesses, de tendresse et d'une intensité nouvelle. Nous restons d'abord silencieux, écoutant simplement nos respirations se synchroniser.

> — Je suis heureux d'être ici avec toi, murmure-t-il en me prenant dans ses bras.

Je me blottis contre lui, sentant la chaleur de son corps contre le mien.

> — Moi aussi, John. Tu rends tout ça tellement plus facile.

Il dépose un baiser sur mon front, et je ferme les yeux, savourant chaque seconde. Nous parlons encore un peu, de tout et de rien, de nos rêves et de nos peurs. Les mots deviennent moins nécessaires à mesure que nous nous comprenons mieux.

Le temps semble ralentir alors que nous nous rapprochons encore davantage, nos corps s'accordant dans une danse délicate de découvertes et de tendresse. Chaque geste est empreint de respect et d'amour, chaque baiser renforçant notre lien.

Lorsque nous nous endormons enfin, nos corps enchevêtrés sous les draps, je me sens incroyablement apaisée. Toutes les angoisses et les incertitudes de la journée s'estompent, remplacées par une profonde sensation de sécurité et d'amour.

Pour la première fois depuis longtemps, je me sens complète. John, à mes côtés, rend ce sentiment encore plus tangible, plus réel. C'est

Possession

le début de quelque chose de merveilleux, et je suis prête à l'accueillir avec tout ce que cela implique.

Possession

8

Les rayons du soleil d'automne filtrent à travers les rideaux de ma petite fenêtre parisienne, créant des motifs de lumière tamisée sur le sol de mon studio. John et moi sommes assis sur le canapé, entourés de tasses de café à moitié vides et de livres éparpillés. C'est un matin paisible, parfait pour discuter de nos futurs projets.
John me regarde avec une tranquillité dans les yeux.

— Eva, j'ai réfléchi à ce que tu as dit l'autre soir. À propos de faire quelque chose de significatif avec ma vie.

Je hoche la tête, l'encourageant à poursuivre.

— J'ai envie de créer une fondation pour aider les dyslexiques. Je veux que ceux qui, comme moi, ont du mal à lire et à écrire, puissent avoir des ressources et du soutien. Mais... j'ai peur de la réaction de mes parents.

Sa voix tremble légèrement en prononçant ces derniers mots. Je prends sa main dans la mienne, cherchant à lui apporter du réconfort.

— John, c'est une idée merveilleuse. Tes parents finiront par comprendre. Et même s'ils ne le font pas immédiatement, ce qui compte, c'est que tu suives ton cœur et que tu fasses quelque chose qui te passionne.

Il me sourit, reconnaissant.

— Merci, Eva. Ton soutien signifie beaucoup pour moi.

Nous restons un moment en silence, savourant la tranquillité de la matinée. Puis, il tourne la conversation vers moi.

Possession

— Et toi, comment te sens-tu par rapport à ton roman ?

Je soupire profondément.

— J'attends toujours des nouvelles des maisons d'édition. L'attente est insupportable. J'ai tellement peur des refus, John. J'ai mis tout mon cœur dans ce livre, et l'idée qu'il puisse être rejeté m'angoisse terriblement.

Il serre ma main un peu plus fort.

— Tu es incroyablement talentueuse, Eva. Peu importe ce que disent les éditeurs, ton travail a de la valeur. Tu as une voix unique et tu mérites d'être entendue.

Ses mots me réchauffent le cœur, mais l'anxiété reste présente.

— C'est facile à dire, mais chaque jour qui passe sans réponse me fait douter de moi.

— Je comprends, mais rappelle-toi pourquoi tu as commencé à écrire. Tu as une passion pour les mots, pour raconter des histoires. Ne laisse pas la peur des refus te voler cela.

Je relève la tête, inspirée par son encouragement.

— Tu as raison. Merci de croire en moi.

Nous passons le reste de la matinée à discuter, renforçant notre lien à chaque mot échangé. C'est dans ces moments de partage sincère que je réalise à quel point notre relation est précieuse. Malgré les incertitudes et les obstacles, nous avançons ensemble, main dans la main, vers un avenir que nous espérons tous les deux.

En début d'après-midi, nous décidons de nous rendre au Café des Artistes pour boire un verre. Le ciel est clair, une brise légère fait

Possession

danser les feuilles des arbres. John et moi marchons tranquillement, profitant du charme des rues parisiennes.

Nous trouvons une table à l'ombre sur la terrasse et nous nous installons. Je commande un café crème, tandis que John opte pour un espresso. Quelques minutes plus tard, Lucas, le jeune serveur, arrive avec nos boissons. Il pose mon café crème devant moi avec un sourire éclatant. Je remarque qu'il a dessiné un cœur sur la mousse de mon café, ce qui me fait sourire.

— Merci, Lucas, dis-je en levant les yeux vers lui.
— De rien, Eva. Profitez bien de votre café, répond-il avec un clin d'œil avant de s'éloigner pour s'occuper d'autres clients.

Je regarde John, curieuse de sa réaction. Il observe la scène sans un mot, puis tourne son attention vers moi. Il ne semble pas du tout perturbé par le geste de Lucas.

— Ton café a l'air bon, dit-il simplement, un sourire amusé au coin des lèvres.

Je hausse les épaules, prenant une gorgée de mon café crème.

— Il est délicieux, réponds-je en savourant la chaleur de la boisson.

Nous restons là, à discuter de tout et de rien, profitant de l'ambiance animée du café. Les rires et les conversations des autres clients créent une atmosphère ardente. John et moi parlons de nos souvenirs d'enfance et même de nos plats préférés. Chaque instant passé avec lui renforce notre complicité et me fait oublier, ne serait-ce qu'un peu, mes angoisses concernant mon roman.

Possession

Le cœur dessiné sur mon café est un petit détail insignifiant, mais c'est un rappel de la gentillesse des autres et de la simplicité des plaisirs de la vie. Et bien que Lucas ait essayé d'ajouter un peu de flirt à ma journée, je sais où se trouvent mes vrais sentiments. John, avec sa présence rassurante et son soutien infaillible, est celui qui compte vraiment.

Nous restons au café pendant des heures, savourant chaque moment. La lumière dorée de l'après-midi cède doucement la place à des teintes plus chaudes alors que le soleil commence à se coucher. Les ombres s'allongent, enveloppant la terrasse du café dans une atmosphère cosy et intime.

John regarde l'horizon un instant, son visage se teintant d'une légère hésitation.

— Eva, je dois te dire quelque chose.

Je pose ma seconde tasse de café crème et lui donne toute mon attention.

— Qu'y a-t-il, John ?

Il soupire, ses yeux rencontrant les miens avec une sincérité palpable.

— Dans deux semaines, je vais devoir m'absenter pour affaires. Je pars à Londres de nouveau, pour quatre jours.

Je sens une pointe de tristesse poindre dans mon cœur, mais je hoche la tête en essayant de ne pas montrer ma déception.

— Je comprends. Le travail est important.

Il serre ma main, son regard se faisant plus intense.

Possession

— Je suis vraiment désolé, Eva. Je sais que ce n'est pas facile pour toi. Surtout après tout ce qu'on a traversé ces derniers temps.

Je serre doucement sa main en retour, lui offrant un sourire rassurant.

— Ne t'en fais pas, John. Je comprends. C'est important pour toi et je veux que tu réussisses. Je serai là à ton retour.

Il semble soulagé par ma réponse, mais je peux voir dans ses yeux qu'il est toujours inquiet.

— Je promets de t'appeler tous les jours. Et dès que je reviens, on passera du temps ensemble, rien que toi et moi.

Je souris, touchée par sa considération.

— Ça me va. Profite de ton voyage et reviens vite.

Nous restons encore un moment, regardant le soleil se coucher et parlant de ses projets à Londres. Malgré la tristesse de savoir qu'il partira bientôt, je trouve du réconfort dans notre proximité et la promesse de ses appels quotidiens. Alors que la nuit tombe, nous nous préparons à quitter le café, main dans la main.

Possession

Trois jours se sont écoulés depuis que John est parti à Londres. Les journées semblent plus longues sans lui, et je me retrouve souvent à penser à ses sourires, à ses paroles rassurantes. Aujourd'hui, pour changer un peu d'air, j'ai décidé de me rendre seule dans mon café habituel pour écrire.

Le lieu est animé, comme à son habitude. Je choisis une table près de la fenêtre, d'où je peux observer le va-et-vient des passants. Un jeune serveur s'approche pour prendre ma commande. Je remarque immédiatement que ce n'est pas Lucas.

— Bonjour, je vais prendre un café crème, s'il vous plaît, dis-je avec un sourire.

Le serveur prend ma commande avec un sourire poli.

— Bien sûr, mademoiselle. Je vous apporte ça tout de suite.

Alors qu'il s'éloigne, ma curiosité prend le dessus. Lucas n'est jamais absent. Peut-être est-il en congé ? Je l'interpelle avant qu'il ne disparaisse.

— Excusez-moi, mais Lucas est en congé aujourd'hui ?

Le serveur s'arrête et semble légèrement hésitant.

— Oh, Lucas ? En fait, il ne s'est pas présenté au travail depuis deux jours. Le patron a dû embaucher quelqu'un pour le remplacer provisoirement.

Je ressens une pointe d'inquiétude. Lucas, bien que souvent un peu trop amical, est un visage familier ici. Son absence soudaine est étrange.

— Vous savez ce qui s'est passé ?

Le serveur secoue la tête.

Possession

— Non, désolé. Personne ne sait vraiment. J'espère qu'il va bien.

Je remercie le serveur et il s'éloigne pour préparer ma commande. Je m'installe à ma table, mon ordinateur portable ouvert devant moi, mais mon esprit est ailleurs. Où peut bien être Lucas ? Sa disparition soudaine est troublante, mais je tente de me concentrer sur mon écriture.

Le serveur revient rapidement avec mon café crème.

— Voici votre café, mademoiselle. Si vous avez besoin de quoi que ce soit, n'hésitez pas.

— Merci, dis-je en prenant une gorgée de mon café, savourant la chaleur et le goût familier.

Je m'efforce de me plonger dans mon travail, laissant de côté mes inquiétudes pour Lucas. Je commence à écrire, les mots coulant enfin sur la page après une période de blocage. Le café est presque vide maintenant, et la tranquillité du lieu m'aide à me concentrer. Les heures passent et je me perds dans mon écriture, trouvant un certain réconfort dans la routine et l'ambiance du café, même sans la présence de Lucas. C'est étrange comme les petites absences peuvent changer la dynamique d'un endroit. Mais pour l'instant, je m'accroche à ce que je sais faire de mieux : écrire.

Sur le trajet du retour, l'air du soir me rafraîchit les idées. Je traverse les rues parisiennes, le sac en bandoulière contenant mon ordinateur portable bien accroché à mon épaule. Mon téléphone vibre soudainement dans ma poche. Je le sors et vois le nom de John

Possession

s'afficher sur l'écran. Un sourire éclaire mon visage alors que je décroche.

— Salut, John ! Comment ça va ?

— Salut, Eva. Ça va bien, merci. Et toi, comment s'est passée ta journée ?

— Pas mal, je suis allée au Café des Artistes pour écrire. Mais tu sais quoi ? Lucas n'était pas là. Le nouveau serveur m'a dit qu'il n'est pas venu travailler depuis deux jours. C'est bizarre, tu ne trouves pas ?

John reste silencieux un instant, puis il répond d'une voix rassurante.

— Oh, ne t'inquiète pas trop, Eva. Il a peut-être eu une urgence familiale ou il est simplement malade. Ça arrive, tu sais.

— Oui, tu as sûrement raison, dis-je, tentant de me convaincre. Et toi, comment s'est passée ta journée ?

John laisse échapper un léger soupir.

— Intense. J'ai eu des réunions toute la journée, et il y a tellement de choses à gérer. Je n'ai même pas eu le temps de souffler.

— Ça a l'air épuisant, dis-je, compatissante. Prends soin de toi, d'accord ?

— Merci, Eva. J'apprécie. Écoute, je dois y aller maintenant. Je suis attendu à un dîner d'affaires. Je t'appelle demain.

— D'accord, John. Bon dîner. À demain.

— À demain, Eva.

Possession

Je raccroche, range mon téléphone dans ma poche et continue mon chemin vers chez moi. Ses mots résonnent encore dans ma tête. John est tellement occupé, mais il prend toujours le temps de m'appeler. Je suis soulagée par ses paroles rassurantes au sujet de Lucas, mais une petite inquiétude persiste au fond de moi.

Lorsque j'arrive chez moi, je ferme la porte et me laisse tomber sur le canapé. La journée a été longue, mais entendre la voix de John m'a redonné un peu d'énergie. Je m'efforce de ne pas penser à Lucas et de me concentrer sur le positif. John sera de retour bientôt, et tout rentrera dans l'ordre. En attendant, je vais essayer de me détendre et de trouver un peu de paix dans le calme de mon appartement.

Possession

9

Le matin se lève doucement, baignant mon petit appartement parisien d'une lumière douce. Je m'étire lentement dans mon lit, appréciant la simplicité du moment. Seule depuis plusieurs jours malgré le retour de John quarante-huit heures auparavant, je profite de la quiétude de l'aube pour vérifier mon téléphone, une habitude matinale.

Mes yeux s'arrêtent sur une notification d'e-mail. Mon cœur bat un peu plus vite en reconnaissant l'expéditeur : une célèbre maison d'édition. Je me redresse d'un bond, l'adrénaline montant en flèche. Je déverrouille rapidement mon téléphone et ouvre l'e-mail. Mes yeux parcourent les mots, mon souffle se suspend :

« Chère Eva Grise,
Nous avons lu votre manuscrit avec beaucoup d'intérêt et sommes ravis de vous annoncer que nous souhaitons le publier... »

Je ne peux en lire davantage. Un cri de joie m'échappe et je saute du lit, pleine d'euphorie. C'est le moment que j'attendais depuis si longtemps. Mon rêve est en train de devenir réalité.

Sans perdre une seconde, je compose le numéro de John. Les sonneries semblent durer une éternité avant qu'il ne décroche enfin.

— Eva ? Ça va ? dit-il, une pointe d'inquiétude dans la voix.

Possession

— John ! Tu ne devineras jamais ce qui vient d'arriver ! dis-je, à bout de souffle. La maison d'édition « Les Roses Rouges », ils ont accepté de publier mon livre !

Il y a un instant de silence, puis je l'entends rire de bonheur à l'autre bout de la ligne.

— Eva, c'est incroyable ! Je suis tellement fier de toi !

— Je n'y crois pas, John. Merci, merci pour tout ton soutien. Je n'aurais jamais pu y arriver sans toi.

— Tu l'as fait par toi-même, Eva. Je n'ai fait que t'encourager. Tu es une auteure extraordinaire, et maintenant tout le monde va le savoir.

Ses mots me remplissent de chaleur.

— Je suis tellement heureuse, John. J'ai envie de le crier au monde entier.

— Alors crie, Eva ! C'est ton moment. On fête ça ce soir comme il se doit.

Je ris, le bonheur débordant de ma voix.

— J'ai hâte. Merci encore, John. Je vais appeler ma mère maintenant. Elle doit être la prochaine à savoir.

— Bien sûr. On se parle plus tard, Eva. Profite de chaque seconde.

Je raccroche, toujours en état d'euphorie. Je sais que ce moment marque le début d'une nouvelle aventure, et je suis prête à l'embrasser pleinement.

Possession

Mon sourire ne faiblit pas alors que je compose rapidement le numéro de ma mère. La sonnerie retentit quelques instants avant qu'elle ne décroche.

— Allô, Eva ? Comment vas-tu, ma chérie ?

— Maman, tu ne devineras jamais ! dis-je, ma voix vibrante d'excitation. La maison d'édition que j'attendais… Ils veulent publier mon livre !

Il y a un moment de silence à l'autre bout de la ligne, puis je l'entends éclater de joie.

— Oh, Eva ! C'est merveilleux ! Je suis tellement fière de toi ! Mon bébé va devenir une auteure publiée !

Je ris, sentant les larmes de bonheur poindre.

— Merci, maman. C'est comme un rêve devenu réalité.

— Je le savais, Eva. Je savais que tu avais le talent et la détermination. Tu l'as fait, ma chérie. Tu as réalisé ton rêve.

— Oui, et il y a autre chose... dis-je, la voix hésitante. J'ai rencontré quelqu'un.

— Oh ? Sa voix est pleine de curiosité et d'excitation mêlées. Dis-moi tout !

— Il s'appelle John. Il est incroyable, maman. Il est gentil, attentionné et il m'a beaucoup soutenue dans cette aventure. Il croit en moi et me pousse à réaliser mes rêves.

— Ça a l'air sérieux, dit-elle, sa voix mielleuse. Comment l'as-tu rencontré ?

— Au café où j'écris souvent. C'était une rencontre plutôt chaotique au début, mais il s'est avéré être exactement ce

Possession

dont j'avais besoin. Il m'apporte tellement au quotidien, maman. Il m'encourage, me soutient et me fait sentir spéciale.

— Je suis tellement heureuse pour toi, Eva. Tu mérites tout le bonheur du monde. J'ai hâte de rencontrer ce John et de le remercier pour tout ce qu'il fait pour toi.

— Moi aussi, maman. Je suis vraiment chanceuse de l'avoir trouvé. Il est rentré de Londres depuis plusieurs jours maintenant, et dès que possible, je veux vous présenter.

— Ce sera avec plaisir, ma chérie. En attendant, fêtons cette merveilleuse nouvelle de la publication de ton livre rapidement. Tu as travaillé si dur pour cela.

— Merci, maman. Ton soutien a toujours été mon ancre. Je t'aime.

— Je t'aime aussi, Eva. Profite de chaque moment, tu le mérites.

Nous raccrochons, et je reste un moment, le téléphone à la main, absorbant l'ampleur de ce que je viens de vivre. La fierté et l'amour de ma mère m'entourent, rendant ce jour encore plus spécial. Et dans un coin de mon cœur, la perspective de l'avenir avec John ajoute une note d'espoir et de bonheur.

Le soir venu, je me prépare avec soin, choisissant une robe élégante et des talons assortis. Je me maquille légèrement, accentuant mes yeux avec un peu de mascara et ajoutant une touche de rouge à lèvres. Je suis excitée à l'idée de retrouver John au Café des Artistes, là où tout a commencé.

Possession

En arrivant, je vois John assis à notre table habituelle, un sourire rayonnant sur son visage. Devant lui, un énorme gâteau trône, décoré de fleurs en sucre et de félicitations pour la publication de mon roman. À côté du gâteau, mes parents se tiennent, souriants et émus.

— Surprise ! s'exclame John en se levant pour m'embrasser.

Mes parents viennent à leur tour me serrer dans leurs bras, leurs yeux brillants de fierté.

Je remarque alors que Lucas est toujours absent. Je m'interroge brièvement sur les raisons de son absence, mais la joie du moment prend rapidement le dessus.

— Félicitations, ma chérie, dit ma mère, les larmes aux yeux. Nous sommes tellement fiers de toi.

— Merci, maman, papa. Merci, John. Je me tourne vers lui, les yeux pleins de gratitude. Tu as vraiment pensé à tout.

— C'est une occasion spéciale, répond-il en souriant. Tu mérites de célébrer en grand.

Les conversations s'enchaînent, pleines de rires et de souvenirs partagés. Les absences et les inquiétudes sont vite oubliées alors que nous plongeons dans cette célébration de réussite et d'amour. Le gâteau est découpé, chacun en savourant une part généreuse.

Ce moment, entourée de ceux que j'aime, restera gravé dans ma mémoire comme le début d'un nouveau chapitre lumineux de ma vie.

Possession

Je m'installe à la table, un sourire aux lèvres, observant John et mes parents entamer une conversation. John, avec son charme naturel et sa facilité à mettre les gens à l'aise, commence par des questions simples et polies.

— Alors, M. et Mme Grise, comment trouvez-vous le centre de Paris ? demande-t-il en versant du vin dans leurs verres.

Ma mère répond, son visage rayonnant d'enthousiasme.

— Paris est toujours magnifique. Nous aimons particulièrement l'atmosphère de ce quartier.

— Oui, et ce café a un charme unique, ajoute mon père. Eva nous en a souvent parlé.

John sourit.

— C'est vrai, c'est notre endroit préféré. Il me lance un regard complice et je sens mon ventre frissonner.

La conversation continue, légère et fluide. John partage quelques anecdotes de notre première rencontre au café, faisant rire mes parents. Ils parlent de mes aspirations littéraires, et mes parents ne peuvent cacher leur fierté.

— Malgré quelques inquiétudes, nous avons toujours su qu'Eva avait un talent exceptionnel pour l'écriture, dit ma mère. Nous sommes tellement heureux de la voir accomplir ses rêves.

John acquiesce, son regard se posant sur moi avec tendresse.

— Eva est incroyablement talentueuse. Je suis honoré de pouvoir la soutenir dans son parcours.

Possession

Je rougis légèrement sous son compliment, mes parents échangeant un regard approbateur. C'est un moment précieux pour moi, voir ces personnes que j'aime tant s'entendre si bien.

La discussion s'oriente vers des sujets plus personnels, John partageant des histoires de son enfance, ses projets professionnels et ses voyages. Mes parents sont captivés, appréciant sa sincérité et son ouverture.

— Vous semblez avoir beaucoup voyagé, remarque mon père. Cela a dû être enrichissant.

John acquiesce en souriant.

— Oui, cela m'a beaucoup appris. J'ai eu la chance de voir différentes cultures et d'apprendre de nombreuses choses. Mais il n'y a rien de mieux que de revenir à Paris, surtout avec Eva à mes côtés.

Ma mère sourit, touchée par ses mots.

— Nous sommes heureux qu'Eva ait trouvé quelqu'un d'aussi merveilleux que vous, John.

— Merci, répond-il, sincèrement ému. Eva est spéciale.

Je sens une immense joie en moi. Voir John et mes parents échanger ainsi, avec tant de bienveillance et de respect, renforce mon sentiment de bonheur. Leurs rires résonnent dans le café, et je me dis que c'est exactement comme ça que je rêvais de célébrer ce moment important.

La soirée continue dans la même ambiance chaleureuse, chacun profitant de cette rencontre. Sous leur regard enjoué, je réalise combien je suis chanceuse d'avoir un soutien aussi formidable de la

Possession

part de mes parents et de John. Ce jour restera gravé dans nos mémoires, une célébration parfaite de mes réussites et de l'amour qui nous unit.

La soirée se termine en douceur et, sous les réverbères parisiens, nous marchons lentement vers mon appartement, main dans la main. L'air nocturne est frais et vivifiant, apportant avec lui une sérénité après une soirée pleine d'émotions. Les pavés résonnent doucement sous nos pas, le murmure lointain de la ville nous enveloppant comme une mélodie familière.

John tourne la tête vers moi, un sourire satisfait aux lèvres.

— C'était une soirée fantastique, tu ne trouves pas ?

Je hoche la tête, une sensation de satisfaction éclairant mon visage.

— Absolument. Voir mes parents si heureux, et les entendre te complimenter... Ça m'a vraiment touchée.

John serre ma main un peu plus fort.

— Ils sont adorables, tes parents. Et tu sais, je comprends d'où tu tiens ta gentillesse maintenant.

Je ris légèrement, gênée par le compliment.

— Ils t'ont vraiment apprécié aussi. J'ai pu voir à quel point ils étaient à l'aise avec toi.

Nous continuons à marcher en silence pendant un moment, savourant la quiétude de la nuit. Le Café des Artistes, lieu de tant de souvenirs, est maintenant loin derrière nous, mais ses échos résonnent encore en moi.

John brise le silence.

— Et ce gâteau... Quelle surprise !

Possession

Je souris en me rappelant le moment où il l'a sorti.

— Oui, tu m'as vraiment prise de court. Je ne m'y attendais pas du tout.

Il secoue la tête en riant.

— Je voulais célébrer cette bonne nouvelle avec toi de manière spéciale. Tes parents ont vraiment apprécié l'attention, je crois.

— Oui, c'était parfait. Et puis, c'était délicieux.

Nous continuons à discuter de la soirée, de la manière dont mes parents ont évoqué mes histoires d'enfance, et des anecdotes de John qui ont fait rire tout le monde. Chaque détail est passé en revue, chaque sourire remémoré.

— Tu sais, dit John après un moment, cette soirée m'a fait réaliser à quel point nous sommes chanceux. Tes parents nous soutiennent, et nous avons tellement de projets à venir.

Je m'arrête et me tourne vers lui, mon regard plongé dans le sien.

— Oui, c'est vrai. Nous avons de la chance. Et je suis tellement heureuse de pouvoir partager tout ça avec toi.

Il me serre dans ses bras et je respire profondément, imprégnant ce moment dans ma mémoire.

— Moi aussi, Eva. Toi, ta famille et maintenant ce livre... C'est le début de quelque chose de merveilleux.

Nous reprenons notre marche, la lumière de mon appartement apparaissant au bout de la rue.

Possession

— Tu as raison, John. C'est le début de quelque chose de merveilleux.

En franchissant le seuil de mon appartement, je sens une vague de satisfaction et de bonheur m'envahir. Cette nuit-là, je sais que nous avons franchi une étape importante. Nous sommes prêts à affronter l'avenir, ensemble.

Possession

10

Huit mois plus tard...

Assise à mon bureau, je contemple la vue depuis la fenêtre de notre nouvel appartement. Les toits de Paris s'étendent à l'infini, chaque ligne et chaque courbe évoquant une histoire. Mon cœur est léger, empli d'une joie profonde et durable.
Mon téléphone vibre sur le bureau, une notification me rappelant une interview prévue pour plus tard dans la journée. Mon livre, « Un autre chemin », a rencontré un succès que je n'aurais jamais osé imaginer. Les critiques sont élogieuses, les lecteurs passionnés. Les séances de dédicaces sont devenues des moments d'échanges inoubliables.
Je me tourne vers le salon où John est assis, son ordinateur portable sur les genoux. Il est plongé dans la préparation des documents pour sa fondation. Près de six mois auparavant, il a lancé sa propre organisation dédiée à l'aide aux personnes dyslexiques. Le soutien qu'il a reçu a été phénoménal, et il est maintenant à la tête d'une équipe dévouée qui travaille sans relâche pour faire la différence.

— Tu sais, je commence, attirant son attention, je n'aurais jamais cru que nous en arriverions là.

John lève les yeux de son écran, son sourire illuminant son visage.

— À quel point nous en sommes arrivés ? demande-t-il en se levant pour me rejoindre.

Je laisse échapper un rire léger.

Possession

— À tout ça. Mon livre, ta fondation... Tes parents qui nous acceptent enfin.

Il passe un bras autour de mes épaules, me rapprochant de lui.

— Oui, c'est vrai. Je suis tellement fier de toi, Eva. Et mes parents t'adorent maintenant. Ils voient à quel point tu es exceptionnelle.

Je me blottis contre lui, savourant ce moment de complicité.

— Et je suis tellement fière de toi aussi, John. Ta fondation est incroyable. Tu changes des vies.

Il pose un baiser sur mon front.

— Nous changeons des vies. Ensemble.

Je ferme les yeux, me laissant transporter par la douceur de l'instant.

— Je me sens tellement heureuse. Heureuse et comblée. Tout ce que nous avons traversé... Cela en valait vraiment la peine.

— Oui, chaque moment, chaque défi. Nous sommes là où nous devons être.

Je regarde autour de nous, notre appartement débordant de souvenirs et de promesses.

— Et ce n'est que le début, n'est-ce pas ?

Il me serre un peu plus fort.

— Absolument. Le meilleur reste à venir.

Nous restons ainsi, enlacés, savourant la paix et le bonheur que nous avons trouvés. En cet instant, je sais que nous sommes prêts à affronter l'avenir, main dans la main, avec tout ce qu'il a à offrir. La vie est belle, et je suis prête à en savourer chaque instant.

Possession

En fin de journée, je me rends au siège d'un célèbre magazine digital pour la fameuse interview. La nervosité me gagne légèrement alors que je franchis les portes vitrées du bâtiment moderne. La réceptionniste m'accueille avec un sourire poli et m'indique l'ascenseur qui me mènera au neuvième étage.

L'ascenseur s'ouvre sur un espace lumineux et animé. Les bureaux en *open space* sont bordés de plantes vertes, et des écrans d'ordinateur scintillent sous les doigts agiles des journalistes. Une jeune femme au sourire éclatant s'approche de moi.

    — Bonjour, Eva. Je suis Claire, ravie de vous rencontrer. Suivez-moi, s'il vous plaît.

Je la suis à travers les bureaux jusqu'à une salle de réunion vitrée offrant une vue imprenable sur la ville. À l'intérieur, une table est ornée de magazines récents et un journaliste se lève pour m'accueillir.

    — Eva, bienvenue. Je suis Marco. Merci d'avoir accepté cette interview.

Je serre sa main, sentant une vague de calme me traverser.

    — Merci de m'avoir invitée. C'est un plaisir d'être ici.

Nous nous asseyons et la conversation commence. Les premières questions sont classiques, portant sur mon parcours d'auteure et le succès de « Un autre chemin ». Je parle de mon amour pour l'écriture depuis l'enfance, de mes premières tentatives maladroites, et de l'énorme soutien que j'ai reçu de John.

    — Et quelles sont vos principales inspirations, Eva ? demande Marco, les yeux brillants de curiosité.

Possession

Je prends un moment pour réfléchir.

— La vie elle-même est une source inépuisable d'inspiration. Chaque rencontre, chaque expérience, même les moments difficiles, nourrissent mon écriture. Mais si je devais citer une influence majeure, ce serait Paris. Cette ville regorge d'histoires et de mystères.

Marco secoue la tête avec intérêt.

— Paris est vraiment une muse pour de nombreux artistes. Y a-t-il des auteurs ou des œuvres en particulier qui vous ont inspiré ?

— Absolument. J'admire énormément des auteurs comme Marguerite Duras et Albert Camus. Leur capacité à capturer l'essence humaine avec une telle profondeur m'a toujours fascinée.

Claire, qui assiste à l'interview, pose une question inattendue.

— Et en dehors de la littérature, y a-t-il des éléments de votre vie quotidienne qui influencent votre écriture ?

Je souris, pensant à John.

— Oui, mon entourage joue un rôle crucial. John, mon compagnon, est une source constante de soutien et d'inspiration. Sa propre passion pour l'aide aux dyslexiques et son dévouement me poussent à donner le meilleur de moi-même. Et bien sûr, les promenades dans Paris, les cafés animés, tout cela se retrouve dans mes écrits.

Possession

L'interview continue, abordant des sujets variés tels que mes futurs projets et mes réflexions sur le monde littéraire actuel. À chaque question, je me sens de plus en plus à l'aise, partageant ma passion avec enthousiasme.

> — Une dernière question, Eva, dit Marco. Quel conseil donneriez-vous à de jeunes écrivains qui commencent à peine leur parcours ?

Je réfléchis un instant avant de répondre.

> — Je leur dirais de ne jamais cesser de croire en eux-mêmes. L'écriture est un voyage rempli de défis, mais aussi de moments incroyablement gratifiants. Et surtout, d'écrire avec sincérité. Le monde a besoin d'histoires authentiques, de voix uniques.

L'interview se termine sur ces mots, et je sens une vague de satisfaction parcourir tout mon corps. Alors que je quitte le siège du magazine, je me sens reconnaissante pour ce moment de partage et prête à continuer mon propre voyage littéraire, inspirée par les rues de Paris et les personnes qui enrichissent ma vie.

Alors que je rentre chez moi après l'interview, mon téléphone vibre dans ma poche. C'est John. Un sourire éclaire immédiatement mon visage.

> — Allô, John ?
>
> — Eva, j'ai une surprise pour toi. J'ai trouvé un endroit original où j'aimerais que tu me rejoignes.
>
> — Une surprise ? Où ça ? demande-je, curieuse.

Possession

— Note cette adresse : 12, rue des Martyrs. Je t'attends là-bas.

— D'accord, j'y vais tout de suite, réponds-je, l'excitation montant en moi.

Je change de direction et prends un taxi. La course me semble interminable tant l'impatience me gagne. Une fois arrivée, je découvre un vieil immeuble avec un petit escalier en colimaçon qui mène à un accès discret aux toits de Paris. John m'attend en bas des marches, un sourire malicieux sur les lèvres.

— Prête pour l'aventure ? me demande-t-il, les yeux pétillants.

— Toujours, je réponds, mon cœur battant plus fort.

Nous montons ensemble les dernières marches, et la vue qui s'offre à nous est à couper le souffle. Paris s'étend à perte de vue, illuminée par les lumières de la nuit. Au loin, la Tour Eiffel brille de mille feux, majestueuse.

John a préparé une petite table avec une nappe blanche, deux verres à pied, et une bouteille de champagne. Il me tend un verre rempli de bulles dorées.

— À nos succès respectifs, dit-il en levant son verre vers le mien.

Je trinque avec lui, émue.

— À nos succès.

Nous nous asseyons sur les chaises pliantes qu'il a apportées, nos verres à la main. Le silence de la nuit est seulement interrompu par

Possession

le murmure lointain de la ville en contrebas. La Tour Eiffel scintille chaque heure, ajoutant une touche magique à ce moment.

— C'est incroyable, John. Comment as-tu trouvé cet endroit ? je demande en regardant la ville sous un nouvel angle.

— Je l'ai découvert par hasard en cherchant un endroit spécial pour nous. Je savais que tu adorerais cette vue.

Je pose mon verre et lui prends la main.

— Tu as raison, c'est parfait. Merci pour cette surprise.

Nous restons là, à savourer le champagne et le moment présent. Les toits de Paris, avec leurs cheminées et leurs antennes, créent un paysage urbain unique, un mélange de modernité et d'histoire.

— Je suis tellement fier de toi, dit John en caressant ma main. Ton livre est un succès et tu mérites chaque éloge.

— Merci, John. Et toi, avec ta fondation, tu accomplis des choses incroyables. Je suis si heureuse de partager tout cela avec toi.

Nous trinquons de nouveau, nos regards se perdant dans l'immensité de la nuit parisienne. Le temps semble suspendu alors que nous célébrons nos victoires ensemble, sur ce toit qui symbolise tout ce que nous avons traversé et accompli.

La nuit avance, et nous continuons à discuter de nos projets futurs, de nos rêves et de nos espoirs. Le champagne coule doucement, et nos rires se mêlent au souffle léger du vent.

En quittant ce toit magique, main dans la main, je réalise à quel point ce moment restera gravé dans ma mémoire. Paris, ses

Possession

lumières, et l'amour que je partage avec John forment un tableau parfait, un chapitre magnifique de notre histoire commune.

Possession

Le lendemain matin, je me réveille avec une sensation de malaise intense. Ma tête tourne et une nausée oppressante agresse mon estomac. En me levant, je me précipite vers la salle de bains et vomis sans cesse, la douleur me tordant l'estomac.
John, réveillé par le bruit, accourt vers moi, l'inquiétude se lisant sur son visage.

— Eva, ça ne va pas du tout. Viens, retourne au lit, je vais m'occuper de toi.

Je tente de protester, mais une nouvelle vague de nausées me coupe la parole. Je me laisse guider par John qui me ramène doucement dans notre chambre. Il me couvre de la couette, son regard plein de sollicitude.

— Tu dois aller chez le médecin, dit-il, sa voix ferme mais attentionnée.

Je secoue faiblement la tête.

— Non, ça va passer. C'est juste une mauvaise grippe ou quelque chose comme ça.

John fronce les sourcils, visiblement contrarié par mon refus.

— Eva, tu vomis sans cesse. Ça ne peut pas attendre.

Je ferme les yeux, épuisée par l'effort de simplement parler.

— S'il te plaît, John, laisse-moi me reposer. Je vais mieux bientôt, je te promets.

Il soupire, mais ne persiste pas.

— Très bien, mais si ça ne s'améliore pas d'ici cet après-midi, je t'emmène de force chez le médecin.

Possession

Je hoche faiblement la tête, trop faible pour discuter davantage. John quitte la chambre et je l'entends s'affairer dans la cuisine. Quelques minutes plus tard, il revient avec un verre d'eau et des biscuits secs.

— Essaie de boire un peu d'eau, dit-il en s'asseyant à côté de moi. Et mange ça si tu te sens assez bien.

Je prends le verre d'eau avec des mains tremblantes et bois quelques gorgées. Les biscuits me semblent impossibles à avaler pour l'instant. John reste à mes côtés, me surveillant attentivement.

— Merci, murmuré-je, touchée par ses soins.

— C'est normal, répond-il en me caressant doucement les cheveux. Je ne veux pas te voir souffrir.

Je ferme les yeux, tentant de trouver un peu de repos. John reste près de moi, veillant sur moi avec une attention infinie. Malgré la nausée et la faiblesse, je me sens rassurée par sa présence.

La matinée passe lentement. Je continue à vomir par intermittence, et chaque fois, John est là pour me soutenir, me donner de l'eau, et m'encourager à manger un peu. Malgré mon refus obstiné de voir un médecin, il ne me laisse pas seule un instant.

À mesure que l'après-midi avance, la nausée commence enfin à s'atténuer. John, soulagé, s'assoit à mes côtés et me prend la main.

— Comment te sens-tu maintenant ?

— Un peu mieux, avoue-je, ma voix faible mais reconnaissante. Merci d'avoir pris soin de moi.

— Toujours, dit-il avec un sourire tendre. Mais promets-moi que si ça recommence, on ira chez le médecin, d'accord ?

Possession

Je soupire, mais finis par céder.

— D'accord, je promets.

John m'embrasse sur le front.

— Repose-toi encore un peu. Je suis là si tu as besoin de quoi que ce soit.

Je ferme de nouveau les yeux, sentant la fatigue m'emporter, mais cette fois, c'est un épuisement plus paisible. Avec John à mes côtés, je sais que je peux traverser n'importe quelle épreuve.

Possession

11

Trois jours plus tard, malgré une légère amélioration, je continue de vomir de manière sporadique. Curieusement, je n'ai pas de maux de ventre ou d'autres symptômes de maladie. Cette persistance m'inquiète et m'intrigue à la fois. John, fidèle à lui-même, me surveille attentivement, mais je ne peux m'empêcher de réfléchir à d'autres causes possibles de mon état.

Profitant d'un moment où John est sorti faire des courses, je décide d'agir. Le doute s'est installé en moi, et une idée me traverse l'esprit.

Je me rends discrètement à la pharmacie du coin et achète un test de grossesse. Le trajet de retour semble interminable, mon cœur battant plus vite à chaque pas.

De retour à la maison, je m'enferme dans la salle de bains, mon esprit tourbillonnant d'angoisse. Je lis attentivement les instructions du test, puis réalise l'acte avec des mains tremblantes. L'attente est insupportable, chaque seconde s'étirant en une éternité.

Enfin, le résultat apparaît. Deux lignes roses. Positif.

Je fixe le test, incrédule, mon esprit essayant de comprendre l'ampleur de cette révélation. Je suis enceinte. Une vague d'émotions m'envahit : la peur, l'incrédulité, et surtout, un dégoût profond et instantané pour cette vie naissante en moi.

J'entends la porte d'entrée s'ouvrir et les pas de John dans le couloir. Je cache rapidement le test dans un tiroir et sors de la salle de bains, essayant de dissimuler mon émotion.

Possession

— Eva ? appelle John. Tu te sens mieux ? J'ai rapporté quelques trucs pour te remonter le moral.

— Oui, un peu mieux, réponds-je en souriant, essayant de masquer mon excitation.

Il s'approche de moi, déposant les sacs de provisions sur la table.

— J'ai pensé que peut-être un peu de soupe légère pourrait t'aider.

Je hoche la tête, reconnaissante pour ses efforts.

— Merci, John. Tu es vraiment un ange.

— C'est normal, dit-il en me prenant la main. Je m'inquiète pour toi. Peut-être que demain on devrait vraiment aller chez le médecin ?

Je sens la pression monter, mais je sais que je ne peux pas lui cacher la vérité longtemps.

— On verra demain, dis-je en souriant. Pour l'instant, profitons de cette soirée.

Nous passons la soirée ensemble, John s'occupant de moi avec tendresse et dévouement. Mais au fond de moi, je sais que la vérité devra éclater bientôt. Je suis enceinte, et cette nouvelle va bouleverser nos vies. Pour l'instant, je savoure ce moment, la douceur de la soirée, et l'amour qui nous lie, avant de devoir affronter cette nouvelle réalité ensemble.

La nuit enveloppe Paris de son manteau étoilé, et la lumière tamisée de la lampe éclaire faiblement le salon. John s'est endormi, sa tête reposant sur mes genoux, sa respiration calme et régulière. Je caresse lentement ses cheveux, un sourire tendre se dessinant sur

Possession

mes lèvres. Il est si paisible, si confiant. Mais mon esprit est en proie à une tempête.

Je fixe le plafond, mes pensées tourbillonnent comme des papillons affolés. La nouvelle de ma grossesse pèse lourdement sur mon cœur. Ma carrière vient à peine de décoller, et l'idée de devoir tout mettre en pause pour un enfant m'effraie. Je ne suis pas prête. Pas maintenant.

Le regard posé sur le visage endormi de John, je sens une boule se former dans ma gorge. Comment lui dire ? Comment lui avouer que je ne veux pas de cet enfant, du moins pas maintenant ? La peur de sa réaction me paralyse. Il a été si heureux, si excité par notre avenir commun. Et maintenant, cette nouvelle pourrait tout changer.

Je me lève doucement pour ne pas le réveiller et me dirige vers la fenêtre. La vue de la ville endormie me calme un peu, mais les pensées continuent de tourner dans ma tête. Et si je lui disais demain ? Et s'il ne comprenait pas ? Et si cela nous séparait ?

Les larmes commencent à couler silencieusement sur mes joues. Je veux tellement être avec John, mais je ne veux pas sacrifier ce que j'ai travaillé si dur pour atteindre. L'idée d'un enfant devrait être une bénédiction, une joie partagée, mais en ce moment, cela ressemble à un fardeau insupportable.

Je retourne lentement vers le canapé et m'assois à côté de John. Il bouge légèrement, mais ne se réveille pas. Je passe une main sur ma joue, essuyant une larme qui menace de tomber.

Je dois trouver le courage de lui parler, de lui expliquer mes craintes et mes doutes. Mais pas ce soir. Ce soir, je veux juste le tenir près de

Possession

moi, sentir la chaleur de son corps contre le mien, et espérer que, quelle que soit la décision que nous prendrons, notre amour sera assez fort pour surmonter cette épreuve.

Je ferme les yeux, essayant de trouver un semblant de paix dans le chaos de mes pensées. Mais le sommeil me fuit, me laissant seule face à mes angoisses. Demain, je devrai affronter cette réalité. Mais pour l'instant, je me contente de tenir John dans mes bras, cherchant du réconfort dans sa présence rassurante, espérant que, quand le moment viendra, nous pourrons trouver ensemble une solution à ce dilemme qui menace de nous séparer.

Possession

Le lendemain matin, la lumière du soleil parisien pénètre dans ma cuisine, baignant la pièce d'une chaleur réconfortante. La table est dressée avec soin : croissants frais, confiture maison, et une cafetière pleine d'arômes envoûtants. John et moi sommes assis face à face, mais l'atmosphère est lourde, chargée de non-dits.

Je joue distraitement avec ma tasse de café, les yeux rivés sur le liquide noir sans vraiment le voir. Mes pensées sont ailleurs, perdues dans les tourments de la nuit précédente. John, de son côté, m'observe avec une légère inquiétude.

— Eva, tu es bien silencieuse ce matin, dit-il doucement. Quelque chose te tracasse ?

Je lève les yeux vers lui, essayant de masquer mon trouble derrière un sourire forcé.

— Non, tout va bien, réponds-je, mais ma voix manque de conviction.

John fronce les sourcils, posant sa tasse sur la table.

— Je te connais, Eva. Je sais quand quelque chose ne va pas. Tu peux tout me dire.

Je prends une longue inspiration, cherchant les mots justes. Mais le poids de la vérité est trop lourd pour moi en cet instant.

— Je... je suis juste fatiguée. Ces derniers jours ont été intenses.

John hoche la tête, mais il n'est pas convaincu.

— Si tu es sûre... Mais n'hésite pas à parler si quelque chose te pèse.

Je lui adresse un faible sourire, appréciant sa prévenance.

Possession

— Merci, John. C'est gentil de ta part.

Nous continuons notre petit déjeuner en silence, lui tentant de comprendre ce qui me tracasse, et moi, toujours tourmentée, essayant de trouver le courage de lui parler.

Le silence entre nous semble s'épaissir, chaque seconde qui passe renforçant l'impression de distance.

Mon cœur bat à tout rompre. Je sais que je ne peux pas garder ça pour moi plus longtemps. Le silence entre nous est devenu insoutenable, et je dois affronter cette vérité, aussi difficile soit-elle.

— John, dis-je finalement, ma voix tremblante. Il y a quelque chose que je dois te dire.

Il lève les yeux de sa tasse, ses sourcils se fronçant légèrement d'inquiétude.

— Qu'est-ce qu'il y a, Eva ?

Je joue nerveusement avec la manche de mon pull, cherchant les mots justes.

— Je suis... je suis enceinte.

Un silence choquant s'installe dans la cuisine, comme si le monde avait cessé de tourner. John reste figé, ses yeux s'écarquillent sous le coup de la surprise.

— Quoi ? Comment...? balbutie-t-il, essayant de rassembler ses pensées.

— Je l'ai découvert hier, continue-je, ma voix presque un murmure. Je ne savais pas comment te le dire. Je suis désolée.

Il cligne des yeux plusieurs fois, secouant la tête.

Possession

— Et... qu'est-ce que tu veux faire ?

Je prends une autre respiration profonde, sentant les larmes monter.

— Je ne peux pas le garder, John. Pas maintenant. Ma carrière vient de démarrer, et je... je ne suis pas prête à être mère.

Son visage se durcit instantanément, la colère remplaçant la surprise.

— Quoi ? Eva, c'est notre enfant ! Comment peux-tu dire que tu ne veux pas le garder ?

— John, je t'en prie, essaie de comprendre, dis-je, les larmes roulant sur mes joues. Je ne suis pas prête. Ce n'est pas le bon moment.

Il se lève brusquement de sa chaise, faisant trembler la table.

— Comprendre ? Tu me demandes de comprendre que tu veux te débarrasser de notre enfant ?

Je recule légèrement, surprise par l'intensité de sa réaction.

— John, c'est une décision difficile pour moi aussi. Mais je pense à notre avenir, à ce que nous voulons accomplir.

Il passe une main tremblante dans ses cheveux, essayant de maîtriser sa colère.

— Je pensais que nous étions ensemble dans tout ça, Eva. Que nous pouvions tout affronter ensemble.

— Nous le sommes, dis-je, désespérée de le faire comprendre. Mais je ne peux pas... je ne peux pas sacrifier tout ce pour quoi j'ai travaillé. Pas maintenant.

John me regarde avec des yeux pleins de rage et de douleur.

Possession

— Je ne te reconnais plus, Eva. Je ne sais pas comment tu peux être aussi égoïste.

Ses mots me frappent en plein cœur, me laissant sans voix. Il secoue la tête, incapable de supporter davantage, et sort de la cuisine en claquant la porte derrière lui. Je reste là, dévastée, les larmes continuant de couler, me demandant comment notre amour si fort a pu en arriver là.

John revient dans la cuisine, ses yeux brûlants de colère. Il a quitté la pièce en trombe après notre dernière confrontation, mais son retour ne promet rien de bon. Sans dire un mot, il s'avance vers moi, ses pas lourds résonnant contre le sol carrelé.

— John, qu'est-ce que tu fais ? demande-je, la peur montant dans ma voix.

Il ne répond pas. D'un geste brusque, il saisit mon bras, ses doigts serrant fermement ma peau. Je me débats, essayant de me dégager, mais sa force est écrasante. Je pousse un cri de surprise et de terreur alors qu'il me traîne vers le sous-sol.

— Lâche-moi ! hurle-je, mais il n'en a que faire.

En bas des escaliers, il me lance un regard déterminé. Le froid et l'obscurité du sous-sol semblent aussi menaçants que ses intentions. Il ouvre la porte de la pièce et, sans cérémonie, me pousse à l'intérieur.

— John, s'il te plaît, écoute-moi ! supplie-je, ma voix tremblante. Nous pouvons discuter de cela, il y a d'autres solutions !

Possession

Mais il n'écoute pas. Il ferme la porte derrière lui avec un claquement sec, le bruit résonnant comme un jugement. J'entends le bruit de la clé tournant dans la serrure, m'enfermant dans cette prison sombre.
Assise sur le sol froid, le désespoir m'assaille. Les larmes coulent sur mes joues, mélangées à la confusion et à la peur. Je sais que le délai pour l'avortement approchera rapidement, mais je ne pensais pas que la situation pourrait devenir aussi extrême.
La colère de John et sa décision de m'enfermer sont des signes d'une relation qui, manifestement, ne me permet plus de prendre des décisions pour moi-même.
Je suis assise sur le sol froid du sous-sol, adossée contre le mur, les larmes séchant sur mes joues. L'obscurité environnante semble oppressante et le silence est troublé seulement par le bruit de ma respiration haletante.
Soudain, j'entends des pas dans l'escalier, suivis d'un raclement métallique. La clé tourne dans la serrure et la porte s'ouvre légèrement. La lumière du couloir éclaire l'entrée, mais je ne vois que la silhouette de John, sombre et menaçante dans l'embrasure.

— Eva, écoute-moi, dit-il, sa voix dure résonnant à travers la porte. Cet enfant... cet enfant m'appartient.

Je me redresse, mes mains crispées sur mes genoux.

— John, laisse-moi sortir, s'il te plaît. Nous devons parler de cela. Je suis effrayée et je ne sais pas quoi faire.

— Tu es ma partenaire, poursuit-il, sa voix implacable. Ce n'est pas juste une question de ton choix. Nous sommes

Possession

ensemble dans cette situation et cet enfant est le nôtre. Tu ne peux pas simplement décider de le laisser partir sans me consulter. Tu m'appartiens et cet enfant aussi.

— Ce n'est pas comme ça que ça fonctionne, rétorque-je, ma voix tremblante. Je suis une personne, pas une possession. Je dois avoir mon mot à dire.

Il soupire bruyamment, exaspéré.

La porte se referme brusquement, me laissant seule avec mes pensées. Les mots de John résonnent dans ma tête, les échos de ses déclarations remplis d'une autorité et d'une possessivité que je n'avais jamais connues. La panique monte en moi alors que je réalise l'ampleur de la situation et la perte de contrôle sur ma propre vie.

Je suis toujours accroupie contre le mur du sous-sol, perdue dans un tourbillon de pensées. La lumière de la porte s'éteint et le silence devient encore plus oppressant. Soudain, j'entends un bruit léger : un morceau de papier glisse sous la porte. Je m'approche lentement, mes mains tremblantes et je ramasse le mot.

Je déplie le papier et des mots soigneusement écrits apparaissent :

« Eva, tu ne partiras jamais. Je ne te laisserai pas faire ce que tu veux. Tu es à moi pour l'éternité. »

Les mots me frappent comme un coup de poing dans l'estomac. Le ton est implacable, presque menaçant. Mon cœur s'emballe alors que je prends conscience de l'ampleur de sa déclaration. La panique

Possession

m'envahit et je me laisse tomber en arrière, les larmes roulant sur mes joues.

Je n'avais jamais imaginé qu'il pourrait en arriver à cela, que la situation pourrait dégénérer à ce point. La prise de contrôle qu'il exerce sur moi maintenant est totale et dévastatrice. La réalité de ses mots me serre la poitrine et je reste là, seule, effrayée, avec la certitude que je suis désormais enfermée dans une cage qu'il a construite autour de moi, de manière à ce que je ne puisse jamais en sortir.

Les mots que John a glissés sous la porte tournent en boucle dans ma tête. Le froid du béton contre ma peau me ramène à la réalité : je suis prisonnière. La pièce est à peine éclairée par la lueur filtrant à travers la porte. Je frissonne, et une vague de désespoir me ronge.

Les événements récents se rejouent dans mon esprit, comme un film que je n'arrive plus à arrêter. Comment ai-je pu être aussi aveugle ? John m'a fait croire que nous étions un couple épanoui, que notre amour était la chose la plus importante. Et pourtant, tout ce temps, j'ai ignoré les signes, les petits détails qui auraient dû me mettre la puce à l'oreille.

Les discussions sur ses attentes, ses ambitions, ses manières parfois possessives… Je les avais interprétées comme des traits de personnalité passionnés ou des soucis de l'âme sensible. Mais je vois maintenant que tout cela n'était qu'un avant-goût de ce qu'il était vraiment. Je n'avais pas voulu voir, pas voulu comprendre, même lorsque ses actions devenaient de plus en plus oppressantes.

Possession

Je suis stupéfaite par ma propre naïveté, ma propre incapacité à reconnaître la vraie nature de John. Comment ai-je pu confondre la passion avec le contrôle ? Chaque geste, chaque mot maintenant me semble chargé de manipulation et de possessivité. La vérité se révèle cruellement et je réalise que j'ai été trompée par une façade soigneusement entretenue.

Les larmes coulent sur mes joues alors que je lutte pour accepter la situation. Je suis effrayée, non seulement par ma captivité, mais par l'idée que la personne en qui j'avais confiance, celle que je pensais connaître si bien, est en réalité un étranger dangereux. La panique me paralyse, me laissant accablée par une profonde tristesse et une terreur que je ne savais pas possible.

Possession

PARTIE 2 :
JOHN

Possession

12
La rencontre

Je me souviens de la première fois que j'ai vu Eva. C'était une journée ordinaire pour elle, mais pour moi, c'était le début de quelque chose de bien plus grand. Je l'observais depuis des semaines, suivant ses déplacements, apprenant ses habitudes. Elle était tellement prévisible dans sa routine quotidienne. Un café le matin, une promenade dans le parc l'après-midi. Chaque jour se déroulait de la même manière, comme une horloge bien réglée.

Je m'étais arrangé pour la rencontrer « par hasard » ce jour-là, au Café des Artistes. Je savais qu'elle aimait cet endroit pour écrire, entourée du murmure des conversations et du cliquetis des tasses en porcelaine. J'étais déjà assis à une table stratégique, une pile de livres devant moi, quand elle est entrée. Elle n'a pas remarqué ma présence immédiatement. Elle s'est dirigée vers le comptoir, a commandé son habituel café crème et s'est installée à une table près de la fenêtre.

Je l'ai observée pendant quelques minutes, feignant d'être absorbé par ma lecture. Eva était captivante, dans sa simplicité et sa grâce. Ses cheveux bruns ondulaient légèrement sur ses épaules et ses yeux brillaient d'une intensité que je n'avais jamais vue chez personne d'autre. Elle avait cette aura particulière, une combinaison de douceur et de détermination. Elle semblait si paisible, si loin de la réalité brutale qui l'entourait.

Possession

Je savais qu'elle était l'une des nombreuses écrivaines en herbe, luttant pour faire entendre sa voix dans un monde saturé de mots et d'idées.

Je me suis levé, et j'ai marché lentement vers elle. Lorsque je l'ai saluée, elle a levé les yeux, un peu surprise, mais polie. Nous avons échangé quelques banalités sur la littérature. Je savais que j'avais piqué sa curiosité.

C'était le début de notre histoire. Mais pour moi, ce n'était pas le fruit du hasard. Tout était calculé, chaque rencontre soigneusement planifiée. Je voulais Eva et je savais que je l'aurai. Elle n'avait aucune idée de l'étendue de mon obsession, de la profondeur de mes plans. Pour elle, c'était une rencontre fortuite, une romance naissante. Pour moi, c'était l'aboutissement de semaines d'espionnage, d'analyse minutieuse de chaque aspect de sa vie. Elle était la pièce manquante de mon puzzle et j'étais déterminé à la posséder, coûte que coûte.

C'était une matinée calme, le genre de matinée où rien de notable ne semble pouvoir se produire. Eva était là, à sa table habituelle, absorbée par l'écran de son ordinateur portable. Elle écrivait, sans doute plongée dans l'un de ses récits captivants. J'étais assis à quelques tables de distance, une tasse de café brûlant devant moi. Mon cœur battait la chamade, mais je savais que je devais agir avec assurance.

J'ai saisi ma tasse et me suis dirigé vers elle. Juste avant d'atteindre sa table, j'ai feint de trébucher. Le contenu de ma tasse a jailli en une

Possession

éclaboussure brune et brûlante, se répandant sur ses vêtements et son ordinateur. Eva a sursauté, poussant un cri de surprise.

— Oh mon Dieu ! Je suis tellement désolé !, m'exclamai-je, en sortant un mouchoir de ma poche et en tentant de nettoyer le désastre que j'avais créé.

Elle était visiblement bouleversée, essayant de sécher son ordinateur avec des serviettes en papier. Ses doigts tremblaient légèrement, mais elle essayait de rester calme.

— Ce n'est rien, ce n'est rien, dit-elle d'une voix tendue. Ce genre de choses arrive.

— Non, vraiment, je suis impardonnable, continuai-je. Permettez-moi de vous aider. Je vais vous offrir un nouveau café, et si votre ordinateur est endommagé, je m'assurerai qu'il soit réparé.

Eva m'a regardé, ses yeux reflétant une combinaison de confusion et de gratitude. Elle a finalement hoché la tête, acceptant mon offre. C'était ma chance de me rapprocher d'elle, de lui montrer que j'étais quelqu'un de fiable et attentionné, même dans une situation aussi désastreuse.

Nous avons passé le reste de la matinée ensemble. Nous avons parlé de littérature, de ses projets d'écriture, de ses aspirations. Eva semblait de plus en plus à l'aise, oubliant presque l'incident initial. Ce jour-là, j'ai réussi à créer un lien avec elle. Elle me voyait désormais comme quelqu'un de serviable, prêt à tout pour l'aider. Ce n'était que le début, mais je savais que j'avais fait un grand pas vers mon objectif. Chaque sourire qu'elle m'adressait, chaque mot qu'elle

Possession

partageait avec moi, renforçait ma détermination. Eva serait à moi, et rien ni personne ne pourrait m'empêcher de réaliser mon plan. Le lendemain de notre rencontre au café, j'étais résolu à cimenter l'impression que j'avais faite sur Eva. La nuit précédente, j'avais veillé tard, réfléchissant à la meilleure façon de poursuivre mon plan. J'avais pris une décision audacieuse mais nécessaire : lui offrir un ordinateur flambant neuf, un modèle dernier cri, bien au-dessus de ses moyens habituels.

J'avais choisi un modèle élégant et puissant, quelque chose qui ferait comprendre à Eva que je ne faisais pas les choses à moitié. Dès l'aube, j'avais passé commande et organisé une livraison express pour qu'il lui soit livré le jour même.

Quelques heures plus tard, alors que j'attendais nerveusement de ses nouvelles, mon téléphone vibra. C'était un message d'Eva. Une photo de l'ordinateur emballé avec soin, accompagnée d'un message touchant.

« John, je n'ai pas de mots pour exprimer ma gratitude. Merci du fond du cœur. J'espère que nous pourrons nous revoir bientôt pour que je puisse vous remercier en personne. »

J'avais réussi. Le cadeau, bien que matériel, était un pont vers une relation plus profonde. Je savais que l'étape suivante serait cruciale. Il me fallait capitaliser sur ce geste, m'assurer qu'elle voyait en moi non seulement un bienfaiteur, mais aussi un allié, quelqu'un en qui elle pouvait avoir confiance et se confier.

Possession

Au fil des jours suivants, j'ai maintenu le contact, lui envoyant des messages, prenant des nouvelles de ses progrès avec son nouveau matériel, offrant mon aide pour tout ce dont elle pourrait avoir besoin. Chaque interaction, chaque sourire qu'elle m'adressait me rapprochait un peu plus de mon objectif.

Eva ignorait encore qu'elle était au centre d'un plan minutieusement orchestré. J'avais su jouer de ses émotions, de ses besoins et de ses aspirations. Et chaque jour, je sentais que mon emprise sur elle se renforçait. Elle serait mienne, corps et âme, et rien ne pourrait entraver mon dessein.

Deux jours après l'envoi de l'ordinateur, j'étais prêt à passer à l'étape suivante de mon plan. Il fallait que je renforce notre lien, que je sois présent dans son quotidien, non seulement comme un bienfaiteur, mais comme une présence constante et rassurante.

Je pris mon téléphone et lui envoyai un message simple mais efficace :

« Salut Eva, j'espère que tu vas bien. Ça te dirait de prendre un café au Café des Artistes cet après-midi ? J'aimerais vraiment discuter avec toi de tes projets et voir comment tu te débrouilles avec ton nouvel ordinateur. »

Possession

Je m'assis ensuite, observant l'écran, attendant sa réponse. Quelques minutes plus tard, mon téléphone vibra avec une notification. C'était elle.

« Bonjour John ! Ça me ferait vraiment plaisir. Disons à 10h ? »

Un sourire satisfait se dessina sur mon visage. Elle avait accepté sans hésitation. Parfait. J'avais réussi à créer une connexion assez forte pour qu'elle soit ouverte à l'idée de me revoir si rapidement.

À 10 heures précises, j'arrivai au café, trouvant une table discrète mais bien en vue de l'entrée. J'aimais l'idée qu'elle me cherche du regard en entrant, que nos regards se croisent, créant cette alchimie visuelle qui renforcerait notre lien.
Quelques minutes plus tard, elle entra. Son sourire timide mais sincère me confirma que tout se déroulait comme prévu. Elle portait une robe simple mais élégante, ses cheveux étaient soigneusement coiffés, et je pouvais voir qu'elle avait fait un effort pour cette rencontre. Cela me plaisait, car cela signifiait qu'elle prenait ce rendez-vous au sérieux.
Je me levai pour l'accueillir, tirant une chaise pour elle avant de me rasseoir.

— Eva, c'est vraiment un plaisir de te revoir, dis-je en souriant. Comment vas-tu ?

— Merci, John. Je vais bien, surtout grâce à toi, répondit-elle en s'asseyant. L'ordinateur est incroyable, je

Possession

n'ai jamais eu quelque chose d'aussi performant. Merci encore.

Nous commandâmes nos cafés, et la conversation s'engagea naturellement. Je la questionnai sur ses projets d'écriture, sur les idées qu'elle avait pour son prochain roman. Je pris soin de la faire parler, de montrer un intérêt sincère pour ses aspirations et ses rêves. Plus elle parlait, plus je pouvais voir qu'elle se détendait, qu'elle s'ouvrait à moi.

— Je suis vraiment content que tout se passe bien pour toi, Eva. Et si jamais tu as besoin de quoi que ce soit, tu sais que tu peux compter sur moi, ajoutai-je, en posant ma main sur la sienne d'une manière qui se voulait rassurante mais aussi intime.

Elle rougit légèrement, mais ne retira pas sa main. C'était bon signe.

— Merci, John. Ta gentillesse et ton soutien signifient beaucoup pour moi.

Je souris, satisfait de la tournure des événements. J'avais réussi à m'imposer dans sa vie, à gagner sa confiance et à me positionner comme un allié indispensable. La suite du plan allait se dérouler sans accroc, j'en étais certain.

Tout se mettait en place parfaitement, exactement comme je l'avais imaginé.

Possession

13

Attendrir la proie

Dès le début, je savais qu'il me fallait une stratégie subtile mais efficace pour me rapprocher encore plus d'Eva. Faire croire à quelqu'un qu'on a une faiblesse, une vulnérabilité, est une méthode infaillible pour susciter l'empathie. Dans ce cas, la dyslexie était l'outil parfait.
Je commençai par semer quelques indices subtils lors de nos conversations, évoquant des difficultés passées à l'école, des problèmes avec les textes longs, et une préférence pour les formats audio. Eva, naturellement bienveillante et attentionnée, ne tarda pas à accepter de m'aider.

> — Tu sais, je pourrais t'aider. J'ai lu beaucoup sur le sujet, et j'ai même suivi quelques cours de soutien pour les dyslexiques. Ça pourrait être une expérience enrichissante pour nous deux.

Je fis mine d'hésiter, puis acquiesçai lentement, comme si l'idée venait de me convaincre.

> — Ce serait vraiment formidable, Eva. Je ne veux pas être un fardeau, mais si tu penses pouvoir m'aider, je serais vraiment reconnaissant.

Ainsi commença notre routine de « cours de lecture ». Eva préparait des textes, et nous nous installions régulièrement pour travailler ensemble. Je jouais parfaitement mon rôle, simulant des difficultés,

Possession

trébuchant sur certains mots, feignant des frustrations pour mieux suciter sa compassion.

— Prends ton temps, John, encourageait-elle patiemment. L'important est de ne pas te décourager. Chaque petit progrès compte.

Ses encouragements, son dévouement, tout cela renforçait notre lien. Elle se sentait utile, investie dans mon « progrès », et moi, je m'installais confortablement dans son quotidien, occupant une place de plus en plus centrale.

Ces moments passés ensemble étaient précieux. Non seulement ils me permettaient de consolider notre relation, mais ils m'offraient aussi l'opportunité de mieux la comprendre, d'apprendre à anticiper ses réactions, à jouer sur ses émotions.

Un soir, après une séance particulièrement intense, je décidai de franchir une nouvelle étape. Alors que nous étions assis côte à côte, je me tournai vers elle, prenant un air sincèrement reconnaissant.

— Eva, je ne sais pas comment te remercier pour tout ce que tu fais pour moi. Ces séances... elles m'aident tellement. Mais plus que ça, elles me font réaliser à quel point tu es importante pour moi.

Elle sourit, touchée par mes mots.

— C'est naturel, John. On est là l'un pour l'autre, non ?

Je pris sa main dans la mienne, la serrant doucement.

— Oui, on est là l'un pour l'autre.

Ce moment, cette connexion, c'était exactement ce que je cherchais. Elle était désormais totalement investie, émotionnellement liée à

Possession

moi d'une manière qui rendait notre relation inévitable. La dyslexie, bien que factice dans mon cas, avait été l'outil parfait pour nous rapprocher.

Et à chaque séance, à chaque progrès simulé, je consolidais ma place dans sa vie, assurant que rien ni personne ne pourrait nous séparer. Pas même ses doutes, pas même ses peurs. J'avais réussi à m'infiltrer dans son monde, et désormais, elle ne pourrait plus se passer de moi.

Le week-end suivant, une nouvelle étape de mon plan se profilait à l'horizon. Eva m'avait parlé d'un dîner chez ses parents. C'était une occasion en or pour observer de près l'environnement familial d'Eva, comprendre ses dynamiques, et surtout, évaluer son degré de dépendance émotionnelle envers eux.

Ce samedi-là, je me garai à quelques rues de la maison de ses parents. Vêtu de manière discrète, je marchai lentement, prenant soin de ne pas attirer l'attention.

La maison était charmante, avec un jardin bien entretenu et des lumières chaleureuses émanant des fenêtres. Je trouvai un coin ombragé d'où je pouvais voir sans être vu. Parfait.

Eva portait une robe élégante, ses cheveux tombant en boucles douces sur ses épaules. Je l'observai entrer dans la demeure, accueillie par ses parents avec des embrassades et des sourires. L'ambiance semblait détendue et joyeuse.

À travers la fenêtre, je pouvais voir des fragments de leur soirée. Ils semblaient discuter avec animation, riant de temps en temps. Eva était particulièrement lumineuse, racontant probablement des

Possession

anecdotes ou des histoires amusantes. Sa mère, une femme charmante avec des cheveux grisonnants, la regardait avec une fierté évidente. Son père, un homme d'âge moyen avec une moustache soignée, hochait la tête en signe d'approbation.

Je pris des notes mentales sur leurs interactions. Il était clair que ses parents jouaient un rôle important dans sa vie. Cela pourrait devenir un obstacle ou un levier, selon la situation. Je devais m'assurer de gagner leur confiance, mais pour le moment, il était crucial de les comprendre.

La soirée avançait, et les lumières de la maison restaient chaleureuses et accueillantes.

Quand la nuit tomba, je continuai à observer, caché dans l'ombre. Après quelques heures, Eva sortit de la maison, embrassant ses parents avant de se diriger vers sa voiture. Je la suivis du regard jusqu'à ce qu'elle disparaisse au coin de la rue.

Cette soirée avait été révélatrice. J'avais une meilleure idée de la structure familiale d'Eva, de ses relations et de ses soutiens. En rentrant chez moi, je réfléchis à la manière dont je pourrais utiliser ces informations à mon avantage. La prochaine étape de mon plan devait être parfaitement exécutée, et maintenant, je me sentais mieux préparé pour m'assurer qu'Eva soit liée à moi de manière inextricable.

Le monde d'Eva était en train de devenir mon terrain de jeu, et chaque mouvement que je faisais nous rapprochait un peu plus du point où elle ne pourrait plus s'éloigner.

Possession

Les jours passaient, et les rendez-vous avec Eva pour les cours d'écriture devenaient une routine agréable. Chaque rencontre était une opportunité de renforcer notre lien et de me rapprocher d'elle de manière subtile mais déterminée.

Nous nous retrouvions dans différents cafés de Paris, chacun ayant son charme unique. Le Café des Artistes, avec ses sièges en velours rouge et son atmosphère artistique, était l'un de nos lieux de prédilection. Là, entourés de souvenirs littéraires, nous passions des heures à travailler sur les exercices d'écriture, Eva guidant patiemment mes « efforts » pour améliorer ma compréhension des mots et des phrases.

Un autre de nos repères favoris était le Café des Deux Moulins à Montmartre. Eva aimait particulièrement l'ambiance bohème et l'arôme des pâtisseries fraîches qui flottaient dans l'air. Nous nous asseyions souvent près de la fenêtre, regardant les passants tout en discutant de la structure narrative, des personnages et des thèmes littéraires.

Au fil des semaines, nos échanges devinrent de plus en plus personnels. Eva me parlait de ses rêves, de ses craintes en tant qu'écrivaine. Elle partageait des anecdotes de son enfance, des histoires sur ses parents et des souvenirs de ses premières tentatives d'écriture. Chaque mot qu'elle prononçait était une pièce supplémentaire du puzzle que je construisais dans mon esprit.

Je jouais mon rôle à la perfection, feignant une difficulté avec les concepts qu'elle m'expliquait. Cela lui donnait l'occasion de se sentir valorisée, de prendre le rôle de mentor, ce qui ne faisait que

Possession

renforcer sa confiance en moi. Et moi, je buvais ses paroles, notant mentalement chaque détail utile.

Nous visitions aussi des endroits moins connus, des petits bistrots nichés dans des ruelles calmes où l'on pouvait discuter sans être dérangés. À chaque rencontre, je m'assurais de créer une atmosphère de complicité et de confiance. J'avais besoin qu'Eva se sente à l'aise avec moi, qu'elle s'ouvre et qu'elle abaisse sa garde.

Ces moments passés ensemble étaient précieux. Ils me permettaient non seulement de gagner la confiance d'Eva, mais aussi de la lier à moi de plus en plus étroitement. Chaque sourire, chaque éclat de rire, chaque regard complice était une brique de plus sur l'édifice que je construisais patiemment.

Je savais que le jour viendrait où elle ne pourrait plus se passer de moi, où elle serait totalement dépendante de notre relation. Pour l'instant, je savourais chaque étape, chaque progrès, m'assurant que chaque rendez-vous nous rapprochait un peu plus de ce moment inévitable.

En écrivant ces lignes, je ne peux m'empêcher de sourire en me remémorant le plaisir que j'ai pris à jouer ce rôle d'homme parfait pour Eva. C'était presque comme une performance théâtrale, où chaque geste, chaque parole était soigneusement calculé pour obtenir l'effet désiré.

L'une des premières fois où j'ai vraiment ressenti cette satisfaction fut lors de notre rendez-vous au Café des Artistes. Eva et moi étions assis à une petite table près de la fenêtre, les rayons du soleil de l'après-midi filtrant à travers les rideaux, enveloppant son visage

Possession

d'une douce lumière dorée. Je lui offris un sourire tendre, écoutant attentivement alors qu'elle me racontait une anecdote sur son enfance. C'était une histoire banale, mais je savais comment réagir, ponctuant son récit de regards intéressés et de rires à des moments opportuns.

Je prenais soin d'être l'auditeur parfait, celui qui comprend et apprécie chaque nuance de ses mots. C'était un rôle exigeant, mais incroyablement gratifiant. Voir l'admiration dans ses yeux, sentir sa confiance grandir à chaque rencontre, c'était comme une drogue.

J'étais devenu l'homme dont elle rêvait, le partenaire idéal qui comprenait ses aspirations et partageait ses passions.

J'avais étudié ses goûts, ses préférences, même ses aversions, pour m'assurer que chaque détail correspondait exactement à ses attentes. Jouer ce rôle me permettait de contrôler chaque aspect de notre relation, de m'assurer que tout se déroulait selon mon plan. C'était comme diriger une pièce de théâtre où j'étais à la fois le metteur en scène et l'acteur principal.

Chaque rendez-vous, chaque échange était une occasion de perfectionner mon jeu. Je prenais un malin plaisir à observer ses réactions, à ajuster mes actions en conséquence. Si elle semblait hésitante, je devenais rassurant. Si elle était joyeuse, je partageais son enthousiasme avec une sincérité feinte mais convaincante.

Je me rappelle également de nos promenades au bord de la Seine, des moments volés où je la tenais par la main, la regardant avec cette tendresse calculée qui faisait fondre son cœur. C'était fascinant

Possession

de voir à quel point elle était réceptive à mes attentions, à quel point elle voulait croire à cette illusion que je tissais autour de nous.

Et puis, il y avait les moments plus intimes, ceux où je me montrais vulnérable, partageant des « secrets » soigneusement choisis pour renforcer notre lien. Je parlais de ma prétendue dyslexie avec une émotion fabriquée, feignant la frustration et la gratitude pour son aide. Cela la touchait profondément, créant un sentiment de complicité et de dévouement mutuel.

En fin de compte, chaque jour passé avec Eva était un pas de plus vers mon objectif. Je prenais un plaisir sadique à la manipuler, à la voir tomber de plus en plus amoureuse de cette version idéalisée de moi. C'était un jeu dangereux, mais incroyablement excitant. Je savais que je devais être prudent, ne jamais relâcher mon attention, mais la satisfaction que j'en retirais valait tous les risques.

Ainsi, je continuais à jouer mon rôle à la perfection, savourant chaque instant, chaque victoire. Parce que plus je m'approchais d'elle, plus je contrôlais son monde, et plus elle devenait mienne.

Possession

14
Le riche héritier

J'ai toujours su que l'argent ouvrait des portes, mais avec Eva, cela avait été encore plus simple que prévu. La première fois que j'ai mentionné mes relations dans le monde de l'édition, je l'ai fait de manière désinvolte, presque comme une réflexion. Nous étions assis dans un café des Tuileries, un endroit qu'elle affectionnait tout particulièrement.

— Tu sais, Eva, avais-je dit en jouant distraitement avec une mèche de ses cheveux, je connais quelques personnes dans l'industrie de l'édition. Si tu veux, je pourrais parler de ton manuscrit à l'un d'eux.

Ses yeux s'étaient immédiatement illuminés, et je pouvais presque entendre les rouages tourner dans son esprit. L'idée que son rêve de devenir écrivaine puisse se réaliser grâce à moi la remplissait d'une joie palpable. Elle avait hésité, par politesse ou peut-être par fierté, mais je savais que la tentation serait trop forte.

— Oh, John, je ne voudrais pas abuser de tes contacts, avait-elle murmuré, ses joues rosissant légèrement. Mais... c'est vraiment gentil de ta part.

Je lui avais souri, un sourire que j'avais perfectionné, un mélange de sincérité et de confiance.

— Ce n'est rien, vraiment. J'aime te voir heureuse, et si je peux aider d'une quelconque manière, je le ferai.

Possession

C'était tellement facile. Avec chaque petite concession de sa part, chaque remerciement, je renforçais mon emprise sur elle. J'avais soigneusement sélectionné les éditeurs à qui j'allais présenter son travail, choisissant ceux qui seraient les plus impressionnés par son talent brut mais aussi les plus influencés par mon nom.

En public, j'étais l'homme attentionné, le partenaire dévoué prêt à tout pour son succès. En privé, je me délectais de ma victoire, la satisfaction de la voir se rapprocher de moi, dépendante de mes ressources et de mon influence. Chaque jour, elle s'enfonçait un peu plus dans le piège que j'avais tendu.

Proposer mon aide financière pour l'édition de son livre avait été un autre pas vers notre inévitable connexion. J'avais évoqué mes contacts avec une telle nonchalance que cela semblait naturel, presque un devoir de mon côté. Eva, malgré sa fierté, n'avait pu résister à l'attrait de voir son œuvre publiée, et cela avait renforcé notre lien.

Elle était tombée immédiatement dans le piège, acceptant mon aide sans réserve, convaincue que c'était le destin qui nous avait réunis. Pour elle, j'étais l'homme providentiel, celui qui non seulement comprenait ses aspirations mais possédait aussi les moyens de les réaliser. Pour moi, c'était une victoire savoureuse, la preuve que mon plan fonctionnait à la perfection.

Ainsi, avec chaque pas qu'elle faisait vers moi, elle ne faisait que se rapprocher de la toile que j'avais tissée. Et moi, je profitais de chaque instant, de chaque geste d'affection, de chaque regard de

Possession

gratitude. Parce que plus elle se confiait à moi, plus elle s'ouvrait, et plus elle devenait mienne, entièrement et sans retour possible.

La suite du plan consistait à la mettre mal à l'aise, la tester dans des situations de plus en plus exigeantes. J'avais soigneusement orchestré un dîner luxueux chez mes parents, une famille aisée et conservatrice. L'objectif était de la déstabiliser, de la forcer à s'appuyer encore davantage sur moi pour naviguer dans ce monde qui lui était étranger.

La soirée avait débuté sous les meilleurs auspices. Eva portait une robe élégante que je lui avais offerte, un choix stratégique pour souligner à quel point elle dépendait de mes goûts et de mes ressources. Nous sommes arrivés dans la grande demeure familiale, éclairée par des lustres en cristal et remplie de tableaux de maîtres. Elle semblait impressionnée, et je pouvais voir une pointe de nervosité dans ses yeux.

Dès l'entrée, ma mère, une femme aux manières impeccables mais au regard perçant, l'a accueillie avec une politesse glaciale. Les présentations faites, nous avons rejoint le grand salon où des cocktails étaient servis. Les conversations se déroulaient dans un mélange de français et d'anglais, les sujets oscillant entre affaires, politique et art. Eva, bien que cultivée, avait du mal à suivre les échanges rapides et les références subtiles. Je la voyais se tendre, essayant de s'intégrer mais peinant à trouver sa place.

Le dîner fut un véritable test. Les plats se succédaient, des mets raffinés et parfois exotiques. Ma famille, consciente de son rôle, ne

Possession

manquait pas de poser des questions piquantes, dissimulées sous des sourires aimables.

— Alors, Eva, comment avez-vous rencontré John ?

— Écrire, c'est un passe-temps charmant, mais avez-vous envisagé quelque chose de plus... substantiel ?

À chaque remarque, je lui adressais des regards encourageants, jouant mon rôle de soutien parfait. Mais intérieurement, je savourais son inconfort. Elle se débattait dans ce monde étranger, se sentant de plus en plus petite. Elle avait besoin de moi, plus que jamais.

Au moment du dessert, ma mère a lancé la question ultime :

— Eva, avez-vous déjà pensé à l'avenir, à fonder une famille ?

C'était une question anodine pour eux, mais pour Eva, c'était un coup de poignard. Elle a pâli, hésité avant de répondre vaguement, se raccrochant à mon bras pour se rassurer.

En quittant la table, je l'ai emmenée dans un coin du jardin, loin des oreilles indiscrètes. Elle était bouleversée, à la fois par l'attitude de ma famille et par ses propres incertitudes. Je l'ai prise dans mes bras, murmurant des paroles apaisantes, lui promettant que tout irait bien. En réalité, c'était exactement ce que je voulais : la rendre encore plus dépendante, la pousser à chercher en moi une ancre dans cette mer agitée.

Après ce dîner, j'ai su que le moment était parfait pour renforcer son sentiment de dépendance envers moi. Eva était encore secouée par la soirée, ses nerfs à vif et je devais en profiter pour la consolider dans cette idée qu'elle n'avait que moi sur qui compter.

Possession

Nous sommes rentrés chez elle et je l'ai invitée à s'asseoir sur le canapé pendant que je préparais du thé. Eva semblait perdue dans ses pensées, le regard lointain. Je me suis installé à côté d'elle, lui tendant une tasse fumante et j'ai pris sa main dans la mienne.

— Ça va aller, Eva, ai-je murmuré avec une douceur calculée. Ma famille peut être intimidante, mais ils finiront par t'accepter. C'est juste… leur manière de faire.

Elle a soupiré, ses yeux brillants de larmes contenues.

— Ils m'ont fait sentir tellement… insignifiante.

Je l'ai serrée contre moi, caressant ses cheveux.

— Tu n'es pas insignifiante, tu es incroyable. C'est pour ça que je t'aime. Ils apprendront à te connaître et à t'aimer aussi, je te le promets. Mais en attendant, tu m'as moi. Toujours.

Elle s'est blottie contre moi, recherchant le réconfort que je lui offrais.

— Merci, John. Je ne sais pas ce que je ferais sans toi.

Ces mots étaient de la musique à mes oreilles. Je l'avais amenée exactement là où je voulais : dépendante, reconnaissante, incapable de se voir sans moi. Chaque geste de réconfort, chaque parole apaisante n'étaient qu'un autre fil de ma toile.

Eva s'attachait de plus en plus, me confiait ses craintes et ses espoirs, croyant sincèrement que j'étais son protecteur dévoué. Je continuais à jouer mon rôle à la perfection, savourant chaque moment de notre relation façonnée par mes soins, chaque pas qu'elle faisait vers cette dépendance totale que je recherchais.

Possession

La véritable nature de mon plan restait cachée derrière ce masque de dévouement. Et elle, aveuglée par le besoin de réconfort et de soutien, ne voyait rien. J'étais son port sûr, son refuge dans la tempête, et elle était bien ancrée dans l'illusion que j'avais soigneusement construite.

Le plan avançait parfaitement. Chaque étape renforçait mon contrôle, chaque hésitation d'Eva la rendait plus malléable. Elle ne se rendait pas compte que, loin de l'aider, je tissais autour d'elle une toile de plus en plus serrée. Et bientôt, elle serait à moi, entièrement, sans la moindre échappatoire.

Possession

15
Créer la dépendance affective

Je savais que pour renforcer encore plus notre lien, je devais la rendre dépendante de moi tout en testant sa fidélité. Alors, j'ai prétexté des voyages d'affaires à Londres. En réalité, je suis resté à Paris, à quelques rues de chez elle, observant chacun de ses mouvements.

La première fois que je lui ai annoncé mon départ, ses yeux ont montré une lueur d'inquiétude.

— Tu pars pour combien de temps ? m'a-t-elle demandé, sa voix tremblante.

— Six jours, ai-je répondu avec un sourire rassurant. Juste le temps de régler quelques affaires.

Elle a hoché la tête, essayant de masquer sa tristesse.

— D'accord. Fais attention à toi.

Le soir de mon prétendu départ, je me suis installé dans un petit appartement que j'avais loué spécialement pour l'occasion, à quelques rues seulement de chez Eva. De là, je pouvais surveiller son immeuble, noter ses allées et venues, m'assurer qu'elle n'allait voir personne en mon absence.

Les premiers jours, elle est restée à la maison, se plongeant dans son écriture. Je l'observais parfois par la fenêtre, la voyant assise à son bureau, concentrée, le visage illuminé par la lueur de son ordinateur. Tout semblait en ordre, elle restait fidèle à notre relation.

Possession

Mais le troisième jour, elle a décidé de sortir. Elle est allée au Café des Artistes, notre lieu de rencontre. Je l'ai suivie discrètement, m'asseyant à une table à l'extérieur, caché derrière un journal. Elle a commandé un café et s'est installée avec son ordinateur portable. Je me demandais si elle attendait quelqu'un, si un autre homme allait apparaître.

Les heures passaient et elle était seule, totalement absorbée par son travail. Mon esprit commençait à se calmer. Peut-être que je n'avais pas à m'inquiéter, peut-être que sa loyauté envers moi était inébranlable. Mais j'avais besoin de plus de certitudes.

Le soir, je suis retourné à mon appartement de surveillance, notant dans mon journal chaque détail de ses activités. Le lendemain, elle est sortie de nouveau, cette fois pour faire quelques courses. Je l'ai suivie à travers les rues de Paris, toujours à une distance prudente. C'est là que j'ai remarqué quelque chose d'étrange. Un homme, que je n'avais jamais vu auparavant, l'a approchée. Ils ont échangé quelques mots et elle a souri. Mon cœur a commencé à battre plus vite, une colère sourde montant en moi. Qui était cet homme ? Que voulaient-ils l'un de l'autre ?

Je me suis retenu de faire une scène, préférant observer. Après un bref échange, l'homme est parti, et Eva a continué son chemin, visiblement non affectée. Mais pour moi, ce moment a suffi à raviver ma méfiance.

De retour dans mon appartement, je me suis assis, les pensées tourbillonnant dans ma tête. Je devais redoubler de vigilance,

Possession

m'assurer qu'elle ne me trahissait pas, même innocemment. Le moindre faux pas de sa part serait une preuve de sa désobéissance, de son incapacité à me rester fidèle.

Quand les quatre jours de mon faux voyage se sont écoulés, je suis revenu chez nous, affichant un sourire de satisfaction.

— Le voyage s'est bien passé, ai-je annoncé en l'embrassant. Je suis content d'être de retour.

Elle m'a accueilli avec un sourire radieux, me serrant fort dans ses bras.

— Tu m'as manqué, a-t-elle murmuré contre mon épaule.

Je l'ai regardée, cette femme que je contrôlais et manipulais, me demandant si elle se doutait un seul instant de la vérité. Mais non, elle n'en avait aucune idée. Et c'était parfait. Parce que tant qu'elle croyait à mes mensonges, elle resterait sous mon emprise, sans savoir à quel point j'avais de l'emprise sur elle. Mon plan fonctionnait à merveille. J'avais semé les graines du doute, renforcé notre lien, et tout en la testant, j'avais aussi affermi mon pouvoir sur elle. Eva était à moi, et bientôt, elle ne pourrait plus jamais imaginer une vie sans moi.

Après avoir assuré mon emprise sur Eva en la surveillant discrètement à Paris, je savais que la prochaine étape était de l'emmener dans un lieu où elle serait complètement sous mon contrôle et où je pourrais encore accentuer sa fascination pour moi. Le voyage en avion vers Ajaccio s'est déroulé sans accroc. Eva était émerveillée par le paysage à mesure que nous approchions de la Corse, ses yeux brillants d'admiration devant la beauté naturelle de

Possession

l'île. Une fois atterris, nous avons pris une voiture que j'avais louée à l'avance et nous avons roulé jusqu'à ma villa.
La villa se trouvait à flanc de colline, surplombant la mer Méditerranée, offrant une vue à couper le souffle sur l'eau bleue scintillante et les montagnes verdoyantes. Lorsque nous sommes arrivés, Eva était sans voix, ses yeux scrutant chaque détail de l'architecture élégante et des jardins soigneusement entretenus.
— C'est magnifique, John, a-t-elle murmuré, presque incrédule. Tu vis ici ?
— C'est l'une de mes résidences, ai-je répondu avec nonchalance, savourant son admiration. Je voulais partager cet endroit spécial avec toi.
Les premiers jours, nous avons exploré les environs, visitant les plages isolées, les petits villages pittoresques et dégustant des plats locaux dans des restaurants haut de gamme. Chaque moment passé ensemble semblait renforcer notre connexion, et je pouvais voir dans ses yeux qu'elle tombait de plus en plus sous mon charme.
Le troisième soir, j'ai organisé un dîner romantique sur la terrasse de la villa, avec vue sur le coucher de soleil. Le ciel s'embrasait de couleurs chaudes, reflétant sur la mer calme. J'avais fait appel à un chef privé pour préparer un repas gastronomique, et une tendre musique jouait en arrière-plan.
— À nous, ai-je dit en levant ma coupe de champagne, mes yeux fixés dans les siens. Et à tout ce que l'avenir nous réserve.
Eva a souri, levant également sa coupe.

Possession

— À nous, a-t-elle répété. Merci, John. Pour tout.

Nous avons trinqué, et je pouvais sentir la profondeur de son attachement pour moi. Elle était complètement sous mon emprise, séduite par le luxe et les attentions que je lui prodiguais.

— Je ferai tout pour nous, Eva, lui ai-je dit une nuit alors que nous étions allongés sous les étoiles. Mon succès est aussi le tien. Ensemble, nous pouvons accomplir des choses extraordinaires.

Elle s'est blottie contre moi, ses doigts entrelaçant les miens.

— Je te crois, John. Merci de m'avoir choisie.

Elle se sentait spéciale, unique, aimée. Et chaque jour passé dans cette villa renforçait cette illusion. Elle ne voyait pas le piège se refermer lentement autour d'elle, ne soupçonnait pas les véritables intentions derrière mes gestes calculés.

Mon plan se déroulait parfaitement, et Eva était maintenant profondément fascinée, presque dépendante de moi. Ajaccio avait été un succès, une étape cruciale pour la garder sous mon contrôle. De retour à Paris, je continuais de tisser ma toile autour d'Eva. Les rendez-vous pour les cours de lecture étaient devenus notre routine hebdomadaire. Nous nous retrouvions dans divers cafés pittoresques de la ville, et chaque séance était une nouvelle opportunité pour moi de me l'accaparer. Assis face à elle, je feignais des difficultés avec les mots, prenant soin de montrer des signes de frustration mesurée.

— Je n'arrive pas à comprendre ce passage, disais-je souvent, plissant les yeux et passant une main agacée dans

Possession

mes cheveux. Eva, toujours patiente, s'approchait pour m'aider, son ton doux et encourageant.

— Ne t'inquiète pas, John, me disait-elle, un sourire bienveillant aux lèvres. Ça va venir avec le temps. Regarde, laisse-moi t'expliquer.

Je l'observais attentivement, absorbant chaque geste et chaque mot. Elle aimait se sentir utile, aimait l'idée qu'elle pouvait m'aider à surmonter une faiblesse. Et moi, je jouais ce rôle à la perfection. Je savais qu'en montrant cette vulnérabilité, je lui apparaissais plus humain, plus accessible.

— Merci, Eva, répondais-je souvent après une explication. Tu ne sais pas à quel point cela compte pour moi.

Elle souriait, ses yeux pétillants de satisfaction. Chaque fois qu'elle pensait m'avoir aidé, son affection pour moi grandissait. Elle voyait en moi un homme fort qui osait montrer ses faiblesses, et cette dualité la fascinait.

Pendant ces sessions, je faisais aussi en sorte de créer des moments de proximité. Un regard prolongé, une main effleurant la sienne alors qu'elle tournait une page, des compliments sur sa patience et sa pédagogie. Elle était totalement sous mon charme, convaincue de notre complicité intellectuelle et émotionnelle.

Un soir, après une séance particulièrement intense, nous nous sommes attardés dans un café. Les lumières tamisées et l'atmosphère intime offraient le cadre parfait pour renforcer notre connexion.

— Tu es incroyable, lui ai-je dit, mon regard planté dans le sien. Je ne serais jamais arrivé aussi loin sans toi.

Possession

Elle a rougi, baissant modestement les yeux.

— C'est toi qui fais tout le travail, John. Je suis juste là pour t'aider un peu.

— Non, ai-je insisté, prenant sa main. Tu fais plus que m'aider. Tu m'inspires.

Ses yeux se sont remplis d'émotion, et je savais que j'avais encore une fois touché la corde sensible. Elle était profondément attachée à moi, convaincue de notre lien spécial. Et chaque cours, chaque moment partagé, renforçait ce sentiment.

Je poursuivais mon plan avec précision, utilisant chaque occasion pour me rapprocher d'elle, pour la rendre dépendante de moi. Eva était désormais complètement fascinée par l'homme sensible que je prétendais être et je savourais chaque instant de cette manipulation. Dans ce jeu de séduction et de contrôle, chaque détail comptait, chaque interaction était calculée. Et moi, je jouais mon rôle à la perfection, sachant qu'Eva était à un point de non-retour. Elle était prisonnière de son propre cœur, et je tenais les clés de sa liberté.

Possession

16
Éliminer l'ennemi

Je me souviens très bien du moment où tout a changé. C'était une après-midi ordinaire au Café des Artistes, l'endroit où tout avait commencé entre Eva et moi. Nous étions assis à notre table habituelle, plongés dans une discussion animée sur l'intrigue de son prochain roman. Eva, comme à son habitude, avait ce regard passionné et attentif, absorbant chaque mot que je disais.

Mais c'est alors que Lucas, le serveur, s'est approché de notre table avec nos commandes. Ce garçon, toujours souriant et affable, avait pris l'habitude de dessiner de petites figures dans la mousse des cafés. Une attention que je trouvais jusque-là insignifiante, un simple geste de politesse et de convivialité.

Ce jour-là, cependant, il a déposé la tasse d'Eva devant elle, un sourire complice aux lèvres. En me penchant légèrement, j'ai aperçu un petit cœur dessiné dans la mousse du cappuccino. Eva a rougi légèrement, un sourire gêné mais flatté s'étalant sur son visage. Intérieurement, une vague de rage incontrôlable s'est emparée de moi. Ce simple dessin, cette insignifiante attention, me mettait hors de moi. Comment osait-il ? Comment osait-il tenter de se rapprocher d'elle, de lui montrer cette attention particulière sous mon nez ?

Eva, innocente comme toujours, a remercié Lucas d'un signe de tête, sans se douter du volcan de colère qui bouillonnait en moi. J'ai pris une profonde inspiration, essayant de maîtriser mes émotions, mais

Possession

je savais que quelque chose venait de changer. Ce cœur dans la mousse n'était pas seulement un dessin, c'était une menace, un défi direct à mon contrôle sur Eva.

À partir de ce moment, mon plan a pris une nouvelle direction. Je ne pouvais plus me contenter de simplement séduire Eva et de la rendre dépendante de moi. Il fallait maintenant éliminer toute concurrence, toute entrave à notre relation. Lucas devenait un obstacle à écarter. Je savais que pour garder Eva, pour qu'elle reste uniquement à moi, je devais intensifier mon emprise sur elle. Plus de failles, plus de faiblesses. Eva devait comprendre que je suis le seul homme dans sa vie, le seul capable de combler ses besoins et de la protéger de ces indésirables qui rôdent autour d'elle.

Ce cœur insignifiant avait réveillé en moi une détermination nouvelle, une rage possessive que je n'avais pas anticipée. Eva m'appartenait, et rien ni personne ne viendrait s'interposer entre nous. Mon plan devait évoluer, et je savais exactement comment procéder pour renforcer ma domination sur elle.

Après cet incident au café, j'ai su qu'il fallait agir vite. Ma rage ne cessait de croître à chaque pensée de ce cœur dessiné par Lucas. Il fallait éliminer cette menace de façon définitive. J'ai prétexté un séjour de quatre jours à Londres. Elle n'y verrait que du feu.

La veille de mon prétendu départ, j'ai fait mes bagages sous son regard aimant. Elle m'a embrassé tendrement, ignorant totalement ce qui se tramait dans mon esprit.

— Tu vas tellement me manquer, m'a-t-elle dit avec cette innocence qui la caractérisait. Je reviendrai vite, je te le

Possession

promets, ai-je répondu en caressant son visage, dissimulant mes véritables intentions derrière un sourire rassurant.

Une fois les adieux faits, je suis parti pour l'aéroport, du moins c'est ce qu'Eva croyait. En réalité, je me suis dirigé vers un hôtel discret à Paris où j'avais réservé une chambre sous un faux nom. De là, j'ai contacté l'un de mes associés, un homme habitué à traiter les problèmes de manière définitive.

Le plan était simple : Lucas devait disparaître sans laisser de trace. J'ai passé les quatre jours suivants à superviser l'opération depuis l'hôtel, m'assurant que chaque détail était parfaitement exécuté. Mon associé a enlevé Lucas au sortir de son travail, le conduisant dans un endroit isolé où il ne pourrait jamais être retrouvé.

Pendant ces jours d'absence, j'ai envoyé des messages et des photos à Eva depuis de vieux clichés pris lors de mes précédents voyages à Londres. Je voulais qu'elle soit convaincue de ma présence là-bas, que tout semblait normal.

Le quatrième jour, j'ai reçu la confirmation que Lucas avait été éliminé et que son corps ne serait jamais retrouvé. Satisfait du travail accompli, je suis retourné à mon appartement avec un sentiment de victoire.

Eva m'a accueilli avec son sourire radieux, ignorant totalement le sombre secret que je venais de créer pour protéger notre relation. Pour elle, je revenais simplement d'un voyage d'affaires. Pour moi, c'était le début d'un contrôle absolu sur notre vie commune.

Après avoir fait disparaître Lucas, il était crucial que je joue le rôle du compagnon parfait pour détourner l'attention d'Eva de sa

Possession

disparition. Je savais que la moindre suspicion de sa part pourrait mettre en péril tout ce que j'avais construit. Il fallait que je sois irréprochable, que je comble chaque vide laissé par l'absence de Lucas et que je sois son univers.

De retour chez nous, j'ai doublé d'efforts pour être l'homme idéal. Le matin, je lui préparais des petits déjeuners somptueux, composés de ses mets favoris : des croissants frais, des fruits exotiques et son café préféré. Je m'assurais que chaque détail soit parfait. Lorsqu'elle se réveillait et découvrait ces attentions, ses yeux s'illuminaient, et elle oubliait pour un moment le monde extérieur.

Pendant la journée, je m'arrangeais pour être constamment disponible, même en plein travail. J'envoyais des messages affectueux, des photos de nous deux, des petits mots doux qui la faisaient sourire. Je lui proposais de déjeuner ensemble dès que possible, choisissant des endroits romantiques où nous pouvions discuter de ses projets et de ses aspirations.

Je continuais nos cours de lecture, jouant le rôle de l'homme vulnérable et sensible.

> — Tu es tellement patiente avec moi, lui disais-je souvent, feignant une gratitude sincère. Eva se sentait valorisée, importante, et cela la rapprochait encore plus de moi.

Les soirées étaient réservées à des dîners romantiques à la maison. Je cuisinais des plats qu'elle adorait, allumais des bougies et choisissais une musique douce en arrière-plan. Après le dîner, nous nous installions sur le canapé, partageant un verre de vin et discutant de tout et de rien. Je l'écoutais attentivement, la regardant dans les

Possession

yeux, lui montrant qu'elle était la personne la plus importante pour moi.

Chaque soir, je m'assurais qu'elle se sentait aimée et protégée.

> — Je ne veux jamais être loin de toi, lui murmurais-je avant qu'elle ne s'endorme dans mes bras. Elle souriait, se blottissait contre moi, et fermait les yeux, apaisée par mes paroles.

J'avais prévu chaque détail pour occuper son esprit et son cœur. Les jours passaient et l'absence de Lucas semblait devenir un souvenir lointain pour elle. Ma stratégie fonctionnait parfaitement : Eva était totalement captivée par notre relation, par notre vie commune, et elle ne soupçonnait rien de ce qui se passait réellement en coulisses. Mais je savais que je devais rester vigilant. Le moindre faux pas pouvait tout détruire et je n'étais pas prêt à laisser cela arriver. Pour Eva, j'étais l'homme de sa vie. Pour moi, elle était une possession précieuse, et je ferais tout pour la garder sous mon contrôle.

Possession

17

Le gendre idéal

Je savais qu'une fois Lucas écarté, la voie serait libre pour continuer à manipuler Eva sans encombre. Mais pour cela, il fallait que je continue à jouer mon rôle à la perfection. Eva était à un point crucial de sa carrière. Elle avait envoyé son manuscrit à plusieurs maisons d'édition et attendait impatiemment une réponse. C'était l'occasion idéale pour me montrer comme l'homme idéal, le soutien inébranlable dont elle avait besoin.

J'ai passé les jours suivants à la rassurer, à l'encourager. Chaque matin, je lui envoyais un message rempli de mots doux et de motivation. Chaque soir, je l'appelais pour écouter ses inquiétudes, ses doutes, et je les balayais d'un revers de main avec des paroles réconfortantes. Je lui promettais que son talent serait reconnu, que son livre trouverait sa place. J'étais la voix de la confiance qu'elle ne trouvait pas en elle-même.

> — Eva, tu as un talent incroyable, lui disais-je souvent. Les éditeurs vont se battre pour publier ton livre. Il faut juste être patient.

Je voyais dans ses yeux qu'elle voulait me croire. Elle avait besoin de me croire. Et plus elle dépendait de moi pour son équilibre émotionnel, plus elle s'enfonçait dans mon piège.

Il y avait des moments où elle doutait, où elle pensait à abandonner. C'est alors que je redoublais d'efforts. Un soir, je suis arrivé chez

Possession

elle avec une bouteille de vin et un dîner qu'elle adorait. Nous avons mangé, parlé de tout et de rien, et surtout, je l'ai écoutée. L'écouter était essentiel. Cela me permettait de mieux comprendre ses peurs, ses rêves, ses aspirations, et de les utiliser à mon avantage.

Lorsque nous avons fini de manger, je l'ai prise dans mes bras.

— Tu sais, Eva, je crois en toi plus que tu ne le crois toi-même. Tu vas réussir. Je le sais.

Je pouvais sentir son corps se détendre contre le mien. Elle cherchait du réconfort, et j'étais là pour le lui donner, pour la rendre dépendante de ce soutien que je lui offrais.

Jour après jour, j'étais ce pilier solide sur lequel elle pouvait s'appuyer. Chaque sourire, chaque mot de réconfort, chaque moment passé à la rassurer faisait partie de mon plan. J'étais le partenaire idéal, le compagnon parfait, le soutien inébranlable. Et plus elle se rapprochait de moi, plus elle s'éloignait de tout le reste.

C'était un jeu de patience, un jeu de manipulation subtile. Mais chaque pas me rapprochait de mon objectif. Eva était presque entièrement sous mon contrôle, et il ne restait plus qu'à attendre que le reste des pièces du puzzle se mette en place.

Le moment que j'attendais avec impatience arriva enfin. Eva reçut l'e-mail tant espéré d'une des maisons d'édition les plus prestigieuses de Paris.

— Ils ont accepté mon livre, John ! cria-t-elle, sa voix tremblante d'émotion. Ils veulent publier mon roman !

Je l'ai félicitée, feignant une joie immense.

Possession

— Je te l'avais dit, Eva. Je savais que tu y arriverais. Tu es incroyable.

Pour célébrer cette victoire, j'avais prévu quelque chose de spécial. Nous nous sommes rendus au Café des Artistes, l'endroit où tout avait commencé pour nous. C'était symbolique et significatif, et je savais que cela toucherait profondément Eva.

Lorsque nous sommes arrivés, le personnel nous a chaleureusement accueillis. J'avais réservé notre table habituelle et arrangé un dîner parfait. Des bougies illuminaient la table, et une bouteille de champagne nous attendait. Mais la plus grande surprise était déjà là : ses parents étaient venus pour fêter l'événement avec nous.

— Maman ! Papa ! Eva se précipita dans leurs bras, les larmes de joie coulant librement sur ses joues.

— Nous sommes si fiers de toi, ma chérie, disait sa mère, les yeux également humides.

— C'est une incroyable réussite, Eva, ajouta son père en la serrant contre lui. Nous savions que tu y arriverais.

Je suis resté en retrait, observant cette scène familiale. Quand Eva s'est tournée vers moi, je me suis avancé avec un sourire.

— J'ai pensé que ce serait une belle surprise, ai-je dit.

— C'est la plus belle des surprises, John, répondit-elle, les yeux pétillants de bonheur. Merci. Merci pour tout.

Pendant le dîner, nous avons discuté de ce que cette publication signifiait pour elle.

— C'est un rêve devenu réalité, disait-elle, les yeux brillants. Je n'y serais jamais arrivée sans ton soutien, John.

Possession

Sa gratitude ne faisait que renforcer son attachement à moi.

Les parents d'Eva et moi avons fait connaissance pendant cette soirée. Je savais que gagner leur confiance était crucial. J'ai joué le rôle du parfait compagnon, attentif et respectueux. Nous avons discuté de la carrière d'Eva, de ses projets, et de l'avenir. Ils semblaient ravis de voir leur fille si épanouie et de me voir à ses côtés, comme un soutien solide et fiable.

Quand la soirée s'est terminée, les parents d'Eva m'ont gentiment remercié.

> — Vous êtes un homme exceptionnel, John, m'a dit son père. Nous sommes heureux que vous soyez dans la vie d'Eva.

J'ai incliné la tête humblement.

> — C'est un honneur pour moi d'être à ses côtés. Eva est une femme extraordinaire.

Cette soirée fut un succès sur tous les plans. Eva était plus attachée à moi que jamais, reconnaissante pour tout ce que j'avais fait pour elle. Ses parents m'appréciaient et voyaient en moi l'homme parfait pour leur fille. Tout se déroulait exactement comme prévu.

Je savourais mon succès. Chaque détail avait été méticuleusement orchestré, chaque pas soigneusement planifié. Voir Eva éclatante de bonheur, entourée de ses parents, reconnaissante envers moi, était la récompense ultime pour tous mes efforts. Depuis des mois, je voulais Eva. Depuis des mois, je l'avais observée, analysée, et séduit pour qu'elle tombe sous mon emprise.

Possession

Je me rappelais les premiers instants, quand j'avais commencé à la surveiller, à m'infiltrer subtilement dans sa vie. Chaque geste, chaque mot avait été calculé pour la séduire, pour qu'elle me fasse confiance aveuglément. Et maintenant, elle était là, rayonnante de joie, convaincue que je n'étais que son soutien le plus fidèle.

Les souvenirs de nos premiers rendez-vous me revenaient en mémoire. La manière dont j'avais feint la maladresse en renversant ma boisson sur elle, comment j'avais organisé cette rencontre comme un accident. Puis, l'ordinateur flambant neuf que je lui avais envoyé le lendemain, un geste calculé pour marquer des points.

Et ensuite, les rendez-vous réguliers dans divers cafés de Paris, nos prétendus cours de lecture où je jouais l'élève sensible et vulnérable. Eva avait été si facilement dupée, tombant dans le piège de mon jeu d'homme parfait. Chaque moment passé avec elle avait renforcé son attachement, sa dépendance.

L'une des clefs de mon succès résidait dans ma capacité à jouer de la gentillesse et de la sensibilité d'Eva. Dès nos premiers échanges, j'avais perçu chez elle une âme bienveillante, toujours prête à aider les autres. C'était une faiblesse que je pouvais exploiter.

Je me souviens de la première fois que j'ai fait appel à sa compassion. J'avais inventé une histoire déchirante sur ma prétendue dyslexie. Je savais qu'elle ne pourrait pas résister à l'envie de m'aider. C'était presque trop facile. Son regard avait immédiatement exprimé une profonde empathie, et elle m'avait proposé de m'aider avec une spontanéité désarmante.

Possession

Chaque instant passé avec elle consolidait sa confiance en moi, son attachement croissant. Elle pensait que j'étais vulnérable, que j'avais besoin d'elle. Et moi, je dégustais chaque moment, sachant que j'étais en train de lier son destin au mien.

La gentillesse d'Eva ne connaissait pas de limites. Quand je lui racontais des histoires tragiques de mon passé, elle était là, toujours prête à m'écouter, à me consoler. J'inventais des épisodes de vie difficiles, des pertes, des trahisons. Et elle, avec son grand cœur, m'accueillait dans son univers, me protégeait presque. C'était un jeu d'enfant de la manipuler ainsi.

Il y a eu ce jour où je lui avais proposé de faire jouer mes relations pour qu'elle soit éditée. Elle était tellement passionnée par son travail, tellement désireuse de réussir. J'ai utilisé cette ambition contre elle. En lui offrant mon aide, j'étais sûr de la tenir encore plus fermement. Elle n'a pas hésité une seconde, croyant que je faisais cela par pure générosité. Quelle naïveté.

Je jouais l'homme parfait, le compagnon idéal, celui qui était toujours là pour elle, pour la soutenir. Je savais comment lui parler, comment la réconforter. Chaque mot, chaque geste était calculé pour renforcer son amour et sa dépendance.

Même lors de ce dîner luxueux dans ma famille, où j'avais sciemment créé un malaise, j'avais ensuite joué le rôle du sauveur. Eva était sortie de cette soirée bouleversée, mal à l'aise, et je l'avais soutenue, renforçant encore plus son impression de n'avoir que moi sur qui compter. C'était si simple de la manipuler, de jouer sur ses émotions.

Possession

Chaque étape de mon plan s'était déroulée à la perfection. Eva était complètement sous mon emprise, et elle ignorait tout de mes véritables intentions.

Je lui avais promis monts et merveilles, et elle était tombée dans le piège sans se méfier. Sa gentillesse, sa sensibilité, ses rêves, tout cela avait été des instruments pour moi, des leviers pour la contrôler. Et maintenant, elle était à moi, corps et âme. Elle n'avait plus d'échappatoire.

Oui, j'avais réussi. Eva, avec toute sa douceur et sa bonté, était désormais à ma merci. Rien ni personne ne pourrait jamais changer cela.

Possession

18
La faille

Mon plan se déroulait à la perfection, chaque pièce du puzzle s'emboîtait exactement comme je l'avais prévu. Eva était devenue entièrement dépendante de moi, liée par un amour que je contrôlais avec une précision chirurgicale. Mais comme tout architecte de grandes œuvres, j'avais omis une variable imprévisible : l'annonce d'Eva.

C'était un matin ordinaire, semblable à tous ceux que nous avions partagés depuis le début de notre relation soigneusement orchestrée. Nous étions dans la cuisine, préparant le petit-déjeuner. Eva semblait distante, silencieuse, perdue dans ses pensées. Ce n'était pas inhabituel ; elle pouvait parfois être pensive, absorbée par ses projets littéraires ou les préoccupations de son succès naissant. Mais ce matin-là, il y avait quelque chose de différent.

Elle avait fini par briser le silence d'une voix tremblante.

— John, je dois te parler de quelque chose de très important.

Je m'étais tourné vers elle, curieux mais surtout vigilant.

— Qu'y a-t-il, mon amour ?

Eva avait pris une grande inspiration, les mains légèrement tremblantes.

— Je suis enceinte.

Possession

Mon cœur avait battu plus fort. C'était une surprise, oui, mais dans mon esprit, ce n'était qu'une nouvelle pièce du puzzle à ajuster. Un enfant pouvait être un atout, un lien supplémentaire pour cimenter notre relation.

Mais avant que je ne puisse exprimer ma joie feinte, elle avait ajouté :

— Je ne veux pas le garder, John. Je ne suis pas prête pour ça.

Les mots avaient résonné dans la cuisine, chaque syllabe étant un coup de couteau dans la toile de mon plan. Comment pouvait-elle envisager de refuser ce lien ultime ? Je voyais déjà la possibilité d'un avenir où elle serait encore plus attachée à moi, mais elle menaçait de tout réduire à néant.

La colère avait bouillonné en moi, mais j'avais tenté de rester calme, de la raisonner.

— Eva, tu ne peux pas dire ça. Un enfant, c'est une bénédiction, un lien entre nous.

Mais elle était déterminée.

— Non, John. Ma carrière commence à peine, et je ne suis pas prête. Je ne veux pas de cet enfant maintenant.

La rage avait pris le dessus. Tout ce que j'avais construit, tout ce que j'avais manigancé risquait de s'effondrer. C'est là que j'avais perdu le contrôle, que la colère avait éclaté en une violence incontrôlable.

Le reste s'était déroulé comme dans un cauchemar. Ma main s'était refermée violemment autour de son bras, et sans vraiment comprendre ce que je faisais, je l'avais traînée jusqu'au sous-sol. Là,

Possession

dans cette obscurité froide et oppressante, je l'avais enfermée, lui criant que jamais elle ne sortirait tant que je ne serai pas certain de sa totale loyauté.

Je n'avais jamais imaginé que mon plan se heurterait à une telle résistance. Tout aurait pu être parfait. Mais désormais, j'étais confronté à un nouveau défi : maintenir ma mainmise sur Eva, même si cela signifiait recourir à des mesures plus extrêmes. Désormais, je devais m'adapter, revoir mes stratégies. Elle ne s'échapperait pas, et cet enfant non plus.

Je ferai tout pour que ni Eva ni l'enfant ne me quittent jamais. Si elle refusait de comprendre, je trouverais d'autres moyens de la convaincre. Ma détermination était plus forte que jamais. Le temps jouerait en ma faveur, et je serais prêt à tout pour protéger mon œuvre parfaite.

À partir de maintenant, chaque décision, chaque action serait calculée avec une précision redoublée.

Je n'avais jamais envisagé que tout puisse s'effondrer à cause d'une simple annonce. Eva enceinte, et refusant de garder l'enfant. Ce moment aurait pu tout anéantir. Mais ce n'était qu'un défi de plus à relever. Eva ne comprenait pas encore que je contrôlais notre destin. Elle devait être isolée pour comprendre. Je l'ai enfermée dans le sous-sol. Un espace où elle serait en sécurité, loin des influences extérieures, loin de ses propres doutes.

Depuis ce jour, chaque matin, je descends avec un plateau repas, et nous discutons. Ou plutôt, je parle et elle écoute. Je lui rappelle notre amour, notre futur, la vie parfaite que nous pouvons construire

Possession

ensemble. Mais elle reste silencieuse, les yeux souvent remplis de larmes, suppliant pour sa liberté.

Le temps passe. Les jours deviennent des semaines, les semaines des mois. Ma routine devient méticuleuse. Je m'assure qu'elle soit à l'aise, qu'elle ait tout ce dont elle a besoin, sauf la liberté. Elle ne sortira pas tant que je n'aurai pas la certitude que notre lien est inébranlable, tant qu'elle n'acceptera pas notre futur commun, tant qu'elle n'embrassera pas l'idée de notre enfant comme une bénédiction.

Chaque nuit, je m'assois devant la porte du sous-sol, parlant doucement de l'avenir radieux qui nous attend. Je lui raconte nos futurs voyages, les rires de notre enfant, la maison que nous construirons ensemble. Je lui décris une vie de bonheur, loin de ce qu'elle imagine être une prison.

Je sais que le temps travaille pour moi. Peu à peu, Eva réalisera que sa résistance est futile, que son avenir est avec moi. Quoi qu'il arrive, elle m'appartient. Et je ferai tout pour qu'elle comprenne, pour qu'elle accepte. L'enfant qui grandit en elle est la clé de notre éternité.

Je suis prêt à attendre. Je suis prêt à tout. Eva restera enfermée le temps qu'il faudra, jusqu'à ce qu'elle voie les choses comme moi. Je suis convaincu qu'avec le temps, elle finira par comprendre. Elle réalisera que tout ce que j'ai fait était pour nous, pour notre amour, pour notre avenir. Elle verra que personne ne l'aimera jamais comme je l'aime, que personne ne la protégera comme je le fais. Un jour, elle cessera de résister, elle ouvrira son cœur et m'aimera

Possession

comme je le mérite. Et ce jour-là, nous serons enfin heureux, ensemble, comme il se doit.

Notre histoire n'est pas terminée. Elle ne fait que commencer.

© 2024 Emeline Geoffrin
Édition : BoD · Books on Demand GmbH, In de Tarpen 42,
22848 Norderstedt (Allemagne)
Impression : Libri Plureos GmbH, Friedensallee 273,
22763 Hamburg (Allemagne)
ISBN : 978-2-3225-2327-6
Dépôt légal : Octobre 2024